Муха Марія

Віктор Волкер

Чудеса навколо нас

УДК 821.161.1(477)'06-312.9=161.2
В67

Волкер, Віктор.

В67 Муха Марія / Віктор Волкер. — Київ : СПЕЙС ВАН, 2020. — 183 с.: іл.

ISBN 978-617-95032-2-1

Що ти можеш змінити в своєму житті, якщо ти звичайна муха, твоє житло — Сміттєве місто, а призначення — працювати на господаря?

Муха Марія не знала нічого іншого, крім свого маленького світу з жорстокими законами, поки не познайомилася з гусеницею, яка побачила уві сні свою мрію — ромашкове поле поруч з безмежним океаном...

Але гусеницю тримає на місці її незграбне тіло, муху — звичне оточення, а їхній друг, безтурботний комарик Фелікс, — занадто слабкий, щоб зважитися одному щось міняти.

Але мрія, розділена на трьох, дарує шанс Марії та її друзям знайти свободу.

УДК 821.161.1(477)'06-312.9=161.2

*Всі права захищено.
Повне або часткове відтворення матеріалів книги
можливо тільки за письмової згоди правовласника.*

© Віктор Волкер, 2020
© «СПЕЙС ВАН», 2020

ISBN 978-617-95032-2-1

Вітаю!
Мене звати Марія.
Може, ти трохи здивуєшся, але я — муха.
Звичайна, проста муха.
І ось моя історія...

Частина 1

Десять близнюків

Народилася і виросла я у мегаполісі під назвою Сміттєве місто. Щоправда, спочатку я думала, що це взагалі цілий світ і нічого іншого за його межами не існує. Якщо чесно, багато дорослих мух досі так вважають, а у відповідь на розповіді про інші місця тільки ліниво відмахуються — мовляв, все це нісенітниця... Так, вони це стверджують, притому що ніколи не вилітали навіть за межі нашого міста. Мої батьки — зовсім інші. Ще молодими вони побували на безлічі різних звалищ, однак для життя вибрали саме цей мегаполіс. Бо, як вони стверджують, наше місто найбільше і всі молоді мухи з околиць будь-що прагнуть сюди потрапити. «Але не у всіх це виходить, треба ще удачу мати, до того ж обзавестися хорошими зв'язками, щоб стати своїм в такому місці», — не раз казав тато. А мама дивилася на нього з гордістю — адже їм це вдалося! Тому ми з моїми братами і сестрами з'явилися вже тут, в Сміттєвому місті.

Перше, що я пам'ятаю з мого дитинства, — затишна тепла кімнатка, по якій ми, тоді ще личинки, повзали, вилупившись з яєць. Нас було десять близнюків — тоді ми не знали, хто з нас хлопчик, а хто — дівчинка, всі мали однаковий вигляд.

Там всюди вистачало смачної їжі, і нашим основним заняттям було добре їсти і багато спати, щоб вирости великими і сильними.

Батьки дбали про нас, тому з раннього дитинства ми ні в чому не мали потреби, днями безперервно грали в нашій кімнаті. Виповзати за межі житла нам суворо заборонялося: мама казала, що світ дуже великий і небезпечний, є багато бажаючих образити маленьку личинку. А для переконливості нам розповідали жахливу казку про червоні личинки комариків, які не слухалися батьків, втекли з дому і були з'їдені страшними птахами... І хоча ми не знали, які на вигляд ці Страшні Птахи, все одно дуже їх боялися, тому жодного разу навіть ніс не висовували з нашого будинку.

Але ось вся їжа була з'їдена, і тоді з нами почало відбуватися щось дивне: ми вкрилися коконом і заснули в ньому на деякий час... Прокинувшись, побачили, що у всіх тепер є лапки і тоненькі крильця — точнісінько як у дорослих. Правда, літати ми ще не вміли, проте могли швидко бігати — це вам не коротенькі лапки личинки!

Помітивши зміни, що сталися з нами, мама розчулилася і сказала: «Відтепер ви вже не малюки, настав час вчитися бути справжніми мухами». І ми вперше вирушили до школи.

Вона знаходилася зовсім поруч, однак дорога туди стала для нас захоплюючою пригодою — адже ми раніше ніколи не виходили на вулицю! Наш будинок складався з величезної купи тісних квартирок, розташованих одна над іншою — з просторими дверима і маленькими круглими віконцями. І в кожній такій квартирі жила сім'я мух, а іноді — кілька сімей. Ми бачили, як з круглих віконець вилітали дорослі мухи, а з дверей виповзали такі ж, як ми, молоді мушки, і всі прямували у своїх справах.

Поруч з нашим будинком був ще один — красивий, з однаковими білими квартирками, за ним — такі самі. Як їх було багато! Ми навіть злякалися, що не зможемо знайти дорогу назад. Але мама заспокоїла нас, пояснивши: мухи здатні віднайти будь-яке місце за запахом — цього нас теж навчать у школі. А наш будинок знаходиться на вулиці Оселедця в кварталі Риб'ячих Черепів.

Частина 2

Квартал Риб'ячих Черепів

Приміщення, куди ми потрапили, здалося нам просто величезним порівняно з нашою квартирою. Воно було таким же білим, з відполірованими стінами, увігнутою підлогою і двома здоровенними вікнами, але набагато більше за розмірами. І пахло тут теж по-іншому, а ще — було дуже тепло. Вже пізніше, під час навчання, я дізналася, що наша школа розміщена в одному з найбільших черепів мертвої риби. Тому вона така красива, не те що інші! Про це мені розповіли старші хлопці в мій перший шкільний день.

Всі майбутні однокласники вийшли подивитися на новеньких, коли ми, поки що в супроводі мами, зайшли в наш клас. Вчителька — молода, дуже енергійна муха з гучним голосом, привітала нас і попросила відрекомендуватися. Дуже хвилюючись, ми по черзі назвали себе: Мелінда, Моніка, Марша, Меріен, Мікаела, Мерлін, Модест, Міккі, Матіас і я, Марія. Нам, шістьом сестрам і чотирьом братам, батьки дали імена на однакову букву.

Вчителька повела нас в клас, а мама полетіла на роботу: так почалося наше самостійне життя.

У школі було цікаво: ще кілька сотень підлітків вивчали те, що обов'язково стане в нагоді в житті кожної мухи, — розрізняти

запахи і визначати за ними відстань до їжі, орієнтуватися в просторі, правильно дзижчати тощо.

Тут же, в школі, я дізналася, що наше Сміттєве місто дуже велике і складається з безлічі кварталів. Наприклад, крім нього, є ще квартал Черевиків, Стічний, Картонний, Реп'яховий і багато інших, де живуть мухи, різні жуки і комашки.

Найпривабливішим місцем був Солодкий квартал, куди привозили відходи з кондитерської фабрики, — раз на тиждень після появи свіжих солодких відходів їх аромат витав по всьому місту! Але право потрапити туди ще потрібно було заслужити... А найжвавішим місцем був Свіжосміттєвий майданчик, де трудилися всі дорослі комахи, чесно заробляючи свої помиї.

Вчителька, міс Вів'єн, розповідала нам, що і ми, коли підростемо, теж працюватимемо на благо рідного міста. Всім учням не терпілося дочекатися цього.

А після уроків ми з братами і сестрами проводили час біля нашого будинку на вулиці Оселедця. Тут ми познайомилися ще з багатьма молодими мухами — більшість з них ходили в нашу школу.

Величезний довгий риб'ячий скелет між будинками став для нас улюбленим місцем відпочинку. «Йдемо, подзижчимо на Кісточці!» — так ми закликали один одного зібратися разом. Нудьгувати нам було ніколи: грали в ігри, спілкувалися, обмінювалися новинами. Найчастіше розмовляли про різні міські новини, хуліганів з сусіднього Стічного кварталу і про те, що наші хлопці збираються їх гарненько провчити, щоб не сунулися на чужу територію...

Моєю найкращою подружкою стала Івон — вона мешкала в нашому будинку двома поверхами нижче. В її родині було чотирнадцять дітей, з усього виводка лише вона — єдина дівчинка! Івон дуже пишалася своїми братами: вони всі як на підбір були великими і міцними хлопцями, схожими один на одного як дві краплі води. Коли ці молодики всі разом збиралися на Кісточці, Івон відчувала себе зі своїми братами як за кам'яною горою! Тому часто любила жартувати над іншими — хто ризикне посваритися з нею і з такою командою захисту?

Івон сама вибрала мене подругою: вона просто підійшла і сіла поруч на заняттях в школі. І відразу почала розповідати, які блискітки на крильцях у Пеппер, її сусідки поверхом вище. І додала, що вона, Івон, коли виросте, обов'язково купить собі такі самі.

Я слухала уважно — мені було цікаво.

А коли ввечері я спустилася на нашу Кісточку у дворі, мене вже чекала там Івон. Вона величним жестом вказала на місце біля себе. Так ми і стали подругами.

Якщо чесно, мені лестило те, що настільки яскрава мушка захотіла стати моєю подругою, бо у мене не було таких, як у неї, звабливих виточених лапок і чудового перламутрового блиску на крилах. І її відваги — теж: вона по секрету розповідала, як вони з братами ходили до самісінького Солодкого кварталу і хотіли в нього прокрастися. Правда, їх відразу ж вигнали суворі жуки-охоронці. І все ж я б нізащо не ризикнула вирушити туди, куди можна тільки дорослим!

Але Івон казала, що ми і самі скоро станемо дорослими, і я разом з нею із задоволенням мріяла про час, коли не треба буде щодня вчитися в школі. А ще ми марили про вбрання, яке обов'язково собі купимо, про те, як будемо гуляти вечорами в Солодкому кварталі і ласувати найсмачнішими тістечками з великих сміттєвих баків...

Загалом, життя наше в кварталі Риб'ячих Черепів минало легко і радісно. Батьки, як і раніше, дбали про нас, і нам залишалося тільки слухатися їх, старанно вчитися, гратися з однолітками і бути вдячними за те, що маємо. Все це ми і робили, ні про що особливо не замислюючись.

Можливо, моє життя і далі складалося б так само просто і легко, якби не одна ніч, яку я провела під відкритим небом.

А почалося все ось з чого...

Частина 3
Пригода на уроці

Наближався день нашого повноліття, коли ми з школярів повинні були перетворитися на дорослих мух і посісти своє місце в житті. Нас чекало чудове свято, але до цього слід було скласти іспит і довести всім, що ми гідні увійти в доросле суспільство. А саме — показати майстерність польотів.

Спочатку у нас кепсько виходило — крильця виявилися не дуже зручним пристосуванням для пересування. Лапки були краще розвинені — ними можна чіплятися за будь-яку поверхню. А ось з крилами набагато складніше: треба, крім іншого, враховувати силу, напрям вітру і багато чого ще, щоб тебе не знесло на льоту в бік.

Якщо чесно, виходило у мене не дуже: до кінця нашого навчання, коли ми майже виросли, виявилося, що я — дрібна муха.

Ні мої лапки, ні крила не були великими і сильними, як у багатьох інших, і тому я була змушена, літаючи, триматися однією з останніх у рої. Зате Івон гордо мчала однією з перших — вона була великою і помітною, з високими довгими лапками і яскраво-зеленими очима. Не дівчина, а чудо! До речі, багато хлопців саме на неї і задивлялися. Але з того часу, як ми стали вправлятися в польотах,

Івон почала мене цуратися. Тепер їй складали компанію інші однокласниці — з такими ж довгими кінцівками і яскравими крилами, як у неї.

А над іншими вони (вже всі разом) і далі жартували. Ось тільки для мене виявилося несподіванкою те, що і я потрапила в число їх об'єктів для насмішок...

У той день ми всім класом тренувалися в польотах, а саме — вчилися роїтися. Наш рій кружляв над найвищою купою риб'ячих голів на вулиці Мерлузи. Ця купа давно нічим не пахла, скелети померлих риб, вибілені сонцем і добре пошарпані вітрами, з висоти мали жалюгідний вигляд. Це був старий будинок, в якому жили найбідніші мухи з нашого кварталу — ті, що не зуміли заслужити краще житло.

— Діти! — пролунав голос міс Вів'єн, і ми всі обернулися. — Більше не тримаємо рій і летимо в напрямку школи. Тест на швидкість, тож будьте уважними і обережними. Десятеро, хто прилетить до фінішу першими, отримають залік з польотів!

О, залік з польотів! Хто ж не мріяв про це? Не проходити далі складні випробування, а ось так, за один раз, опинитися в десятці щасливчиків!

Я, звичайно, не дуже розраховувала на везіння — все-таки в класі вистачало більш сильних учнів. Але спробувати варто!

Політ почався — всі зірвалися з місця і кинулися до нашого найбільшого риб'ячого черепа. Дехто навіть казав, що це череп кашалота, і тому він такий великий, але інші стверджували — за життя рибина була просто розгодованим оселедцем...

Тепер, уже не дотримуючись свого місця в рої, кожен летів, як йому заманеться, тільки щоб випередити інших. Збившись в одну купу, найсильніші почали відштовхувати слабших, звільняючи собі дорогу і не пускаючи вперед інших. Поки лідери штовхалися переді мною, я потроху теж просувалася: зараз мій невеликий розмір став перевагою — спробуй злови мене, маленьку і вертку!

Швидко зрозумівши, що крізь ланцюжок хлопців не пробитися, я підібралася до чемпіонів знизу, тримаючись на відстані від них і вичікуючи потрібний момент. Тим часом ми на хорошій швидкості пролетіли вулиці Мерлузи і Оселедця і почали спуск над площею Великого Черепа.

І доки хлопці, розштовхуючи один одного, почали знижуватися над нашим фінішем, я різко кинулася вниз, під небезпечним кутом обходячи останній перед площею будинок-купу. І цей ризик був виправданий: інші витрачали останні секунди польоту на зниження, я ж підлітала до школи, не вірячи своєму успіху. Невже я змогла, зуміла обігнати найсильніших і пробитися через їх стрій?! Бажана лінія фінішу — порожня очниця величезного черепа — була вже на відстані стрибка коника, і раптом...

Удар у бік виявився таким потужним, що я не втрималася і збилася з курсу. Втративши рівновагу, стрімголов помчала вниз, чіпляючись крильцями за голі кістки риб'ячих плавників.

А вгорі наді мною блиснули в сонячному промінні перламутрові крильця і виточена талія колишньої подруги...

Вдарившись об щось, я нарешті зуміла зупинити падіння, але ні про яку перемогу мови вже не йшло. Брудна і пом'ята, я повернулася в школу останньою. Добре, що не зламала крила через жахливі жала сухих кісток, яких на скелеті цієї купи було безліч!

Накульгуючи і низько опустивши голову, я рушила в найдальший кут класу. А за спиною чулося приглушене хихотіння:

— Марія прийшла останньою!

— Звичайно, з її кривими крилами! Як вона на них взагалі літає?

Я обернулася і побачила поруч з Івон Айрін і Мірабель — ще двох красунь з нашого класу. Тепер вони всюди ходили разом. І разом сміялися наді мною.

— Якби ти не збила мене, я б прилетіла першою! — не стримавшись, вигукнула я. Горло мені стиснула образа, а до очей підступили сльози. — І крила у мене ніякі не криві! І взагалі...

Мені раптом стало так боляче від цієї несправедливості — ну що я їм зробила?! Навіщо Івон так зі мною — адже я її ніколи не ображала! Чому вона настільки легко переступила через нашу дружбу — лише заради того, щоб ще над кимось посміятися?

Аби більше не бачити її усміхнену красиву мордочку, я побігла до виходу з класу. Міс Вів'єн щось крикнула мені вслід, але я не чула її слів. Я просто піднялася в повітря, прагнучи уникнути цих насмішок, не бачити колишню подругу...

Усамітнившись, вирішила політати над звалищем. Мої крила ще не були достатньо сильними для довгих польотів, але все ж деякий час протриматися в повітрі я могла. Зрештою, будь-яка муха здатна з легкістю сісти на що завгодно, щоб відпочити, — всі ми природжені еквілібристи...

Я раніше ніколи так не робила — не летіла без дозволу ні з класу, ні з дому. І тепер, опинившись раптом на волі, трохи розгубилася. Намагаючись не привертати зайвої уваги, піднялася вище: не вистачало ще, щоб мене побачив хтось із знайомих і розповів батькам, що їхня дочка замість занять перед іспитами прогулює школу!

Піді мною розлягалося звалище — безкрає нагромадження хаотично розкиданих куп. Більшість з них були чиїмись будинками; інші служили для різних господарських потреб. Кілька разів я з класом вже бувала в місті, і вчителі розповідали нам про призначення різних куп. Але ось так, одна, я була в місті вперше.

Пролітаючи повз Свіжосміттєвий майданчик, я додала швидкості — там серед тисяч інших комашок повинні бути і мої батьки. Мурахи і мухи, жуки і шершні, навіть кровожерливі павуки працювали тут, добуваючи собі їжу — гній і відходи. Зверху вся величезна купа сміття здавалася живою від кількості комах, які порпалися в ній.

Поглянувши на їх опущені голови і швидкі лапки, які невтомно розбирали сміття, мені стало соромно. Всі так старанно працюють, стараються, а я, замість того щоб старанно вчитися і приносити користь, повела себе нерозумно — засмутилася через пару слів і втекла...

Зітхнувши, я розвернулася на льоту і попрямувала в бік школи. Попрошу вибачення у міс Вів'єн за свою поведінку, а на цих... не буду звертати уваги.

Заспокоївшись і набравшись рішучості, я мчала над горами сміття все швидше, коли раптом на мою спину обрушився удар могутніший, ніж той, яким недавно нагородила мене Івон!

Знову втративши рівновагу від болю і несподіванки, я все ж зуміла вирівняти свій політ в сантиметрах над купою. На її вершині підошвою вгору виднівся рваний черевик, і я ледь у нього не втрапила, проте все ж втрималася. Але хто міг мене вдарити?

Відповідь прийшла тут же: поруч зі мною зі свистом пролетіла важка крапля і з силою вдарилася об носок черевика і розплескалася в різні боки. Ще одна впала слідом за першою. А далі краплі зашелестіли, з глухим звуком розбиваючись об усе, до чого могли дотягнутися нитки небесної води. Дощ!

Частина 4

Дощ

Краплі замиготіли в повітрі, падаючи з неозорої висоти. Будь-яка з них запросто може якщо не вбити муху, то наробити їй чимало шкоди...

Внизу вже мерехтіли комашки, ховаючись хто куди. Те ж саме потрібно було зробити й мені, і чим швидше, тим краще! Польоти під дощем — заняття небезпечне, до того ж непередбачуване, тому краще було не ризикувати, а знайти собі притулок. Саме так нас вчили в школі, прийшов час застосовувати ці знання.

Старий черевик з відірваною підошвою мав вельми надійний вигляд. Краплі наростаючим ритмом стукали по його щільній поверхні, однак всередину ніяк потрапити не могли. Навряд чи знайдеться притулок, надійніший за цей!

Без довгих роздумів я підлетіла до черевика і пірнула в нього через дірку, повз голки-зуби.

Як не дивно, цей будинок виявився безлюдним — жодної живої істоти не було поруч. Тільки курна темрява і тиша, яку зовні ламали звуки дощу.

Добре, що я знайшла це укриття! І взагалі, я молодець — мама буде мною пишатися, коли я розповім, як швидко і надійно зуміла сховатися від негоди...

Задоволена собою, я вирішила трохи озирнутися і піти вглиб черевика. Цікаво, що це за місце і чому тут ніхто не живе? Хоча тут зручно — сухо і тепло, незважаючи на те, що відбувалося зовні. На верхніх поверхах будівель вулиці Оселедця під час дощу дахи будинків постійно підтікають, і нерідко доводиться їх лагодити. Тут же можна жити скільки завгодно, не боячись не тільки дощу, а й холоду!

А якщо оселитися в цьому місці? Якщо досі воно ніким не зайняте, чи можна мені жити тут, коли я стану дорослою? А це ж станеться зовсім скоро...

Розмірковуючи так, я продовжувала просуватися далі. В основному — на дотик, бо темрява була такою, що її, здавалося, можна помацати лапкою.

— Ось тільки б додати трохи світла... — пробурмотіла я, обережно роблячи наступний крок.

— Навіщо потрібне світло, коли твої очі сяють, як діаманти? — пролунав раптом зовсім поруч вкрадливий, трохи хриплуватий голос, і я завмерла на місці.

— Ой... Хто... хто тут?

— Краще скажи, хто ти, прекрасне створіння, яке завітало у цей похмурий куточок? — відповіла темрява все тим же голосом. Він звучав так м'яко і ласкаво...

— Я? Я... муха. Мене звуть Марія, — тихо відповіла я, боячись зрушити з місця. Все це здавалося дивним і страшним.

— О, яке дивне ім'я! Як я радий, дорога Маріє, що ви залетіли сюди, в мою безрадісну обитель...

— Це ваш дім? — промовила я. — Вибачте, якщо потурбувала вас. Я ненавмисно — просто ховалася від дощу...

— О ні, залишайтеся тут скільки завгодно, я тільки радий цьому! — відповів хтось — і, здається, перемістився кудись вгору. Він, як і раніше, залишався невидимим. — Мені так самотньо в цьому темному будинку, так тоскно...

В голосі відчувався неймовірний смуток, і мені раптом стало шкода цю істоту. А страх перед невидимим гостинним господарем темного будинку минув.

— Але чому тоді ви мешкаєте тут один? — наважилася запитати я, намагаючись побачити хоч щось.

— Ох... Я такий потворний, що не смію з'являтися комусь на очі. Я боюся, мене відкинуть і будуть з мене кепкувати, — голос затремтів від гіркоти, і моє серце здригнулося разом з ним.

Це було мені так знайомо! Тому відразу захотілося втішити невидимого співрозмовника.

— Але не всі комахи злі! Чому ви впевнені, що з вас будуть кепкувати? Ось я, наприклад, вас не бачу, тільки розмовляю з вами, але ви вже мені симпатичні, — зовсім осміліла я, бажаючи підбадьорити незнайомця. — Може, й іншим ви теж сподобаєтеся і знайдете собі друзів...

— Ви так думаєте? О, яка ж ви добра! Я безмірно вдячний вам за ці слова! Якби ви знали, як багато для мене значить ваша увага, миле створіння...

Голос струменів, теплий і ласкавий, він немов обволікав, заворожував, змушуючи серце битися частіше. Ще ніхто ніколи не казав мені подібного! Яким би не був потворний власник цього голосу, здається, у нього гарна душа...

— Я так вдячний цьому дощу, що він привів тебе сюди, прекрасна Маріє, — шепотів далі незнайомець.

Тепер його голос долинав, здається, звідусіль...

«Чи це просто голова в мене запаморочилася?» — подумала я.

— Зустріч з тобою — як безцінний дар в моєму самотньому житті... І у мене для тебе теж є подарунок — найпрекрасніше намисто для твоєї милої шийки, яке ти тільки можеш собі уявити...

Далеко попереду, просто в повітрі, раптом спалахнули яскраво-червоні вогники. Намисто з цих мерехтливих, трохи тремтячих вогнів повільно рушило в мій бік — вісім дивовижних крапельок чистого вогню, які заворожували, вабили, притягували до себе...

«Якщо я розповім про це кому-небудь з дівчат, мені просто не повірять, — захоплено подумала я. — Це так романтично, так незабутньо! Чудовий подарунок від таємничого незнайомця, який закохався в мене з першого погляду...»

На злегка неслухняних лапках я як заворожена рушила назустріч небаченому дару. Все навколишнє пливло в чудовому танку, кружляло навколо мене найлегшою м'якою сіткою...

І раптом ця сітка здригнулася, перетворюючись з найніжнішого пуху на сталеву, тугу, дзвінку нитку. Якась мить — і мої лапки прилипли високо над головою, а навколо всього тіла обернулася, позбавляючи мене руху, міцна безжальна... ПАВУТИНА!

Хрипкий сміх прозвучав раптом зовсім поруч, і з темряви в кроці від мене спалахнули червоні божевільні вогні. Голова господаря будинку наблизилася до мене, і я з жахом роздивилася потужні щелепи, а ще — довге загнуте жало на хоботку. Вогники, які сперш здалися мені дивним намистом, виявилися очима павука. Голодними очима...

— Ну, ось ти й спіймалася, моя мила, — прошепотів павук і боляче смикнув павутину. — Я не обманював тебе — ти дійсно подарунок! До обіду... Давненько сюди ніхто не залітав...

Павутина ще раз обернулася навколо мене, і я з жахом зрозуміла, що не зможу звільнитися. Занадто міцна ця сітка, що розрахована на таких, як я. Тих, які, зачаровані красивими словами, готові йти на примарне світло — не бачачи, куди саме...

— Бз-з-з... Вж-ж-ж... — прозвучало раптом з боку входу, і почулися чиїсь важкі кроки.

Діра трохи прочинилася, впускаючи трохи світла, і в черевик зайшов, обтрушуючи на ходу крапельки вологи, великий кошлатий джміль.

Напевно, ще ніколи в житті я настільки щиро не раділа комусь, кого не знаю.

— Допоможіть! Допоможіть мені! — викрикнула я. Але чи то павутина, чи то страх так скували моє горло, що вийшов лише слабкий писк. — Рятуйте!

— Хто тут? — гримнув джміль і пішов у наш бік.

Я сильніше забилася в проклятій сітці, намагаючись вивільнитися. А павук — навпаки, принишк, припавши до стіни і намагаючись здаватися непомітним.

— Це я! Я потрапила в сітку павука! Рятуйте! — продовжувала я кликати на допомогу, і джміль дійсно підійшов ще ближче.

Але те, що він сказав, змусило моє шалено посилене серцебиття завмерти на пів удару.

— А... Усього лише муха, — розчаровано пробурмотів він. — Чому б це мені рятувати муху? Сама втрапила, сама і вибирайся, — додав і... попрямував до виходу.

У розпачі я закричала ще голосніше:

— Але він хоче мене вбити!

— Це не моя справа, — крякнув джміль. — Вас, мух, і так он скільки розвелося. Не пролетіти взагалі...

Він просто стояв біля виходу — такий великий, сильний і... байдужий. Так, йому нічого не варто було б махнути своєю потужною лапою і визволити мене з павутини, адже джміль — сильніше за маленького павука, який ховається в темних кутках і вичікує слабку жертву. Але для нього життя мухи нічого не означає! Може, запропонуй я йому нагороду, він змінив би своє рішення. Однак мені не було що йому пообіцяти...

Павутина колихнулася — спочатку обережно, потім — сильніше. Дихання павука нависло наді мною... Я закрила очі, прощаючись з останньою надією...

— Вр... Вр... Бж-ж-ж-ж-ж! — звук сильних крил, вібруючих у повітрі, пролунав майже оглушливо в повній тиші.

Вхід у черевик знову відкрився, і всередину ввалилося щось важке, жовте і стрімке.

— Вж-ж-ж-ж-ж!

Велика золотиста оса не змогла вчасно зупинити свій стрімкий політ і стрімголов покотилася прямісінько мені під ноги. Протаранивши павутину, вона так само заплуталася в ній, як і я, і важко гепнулася на підлогу, продовжуючи дзижчати.

— В чому річ? Що тут таке? У що це я вляпалася?

Оса почала несамовито сіпатися, заплутуючись в павутині ще більше. Надія, яка раптом освітила моє серце, так само стрімко гасла — жовта войовниця тепер стала такою ж полонянкою, як і я.

Павук, неприємно хихикаючи і від радості потираючи лапи, кинувся до своєї нової здобичі, щоб щільніше обернути її павутинням. Звичайно ж, вона була набагато крупніше, ніж я, — «подарунок» кращий...

Однак оса зовсім не вважала себе чиєюсь здобиччю. Вона озирнулась; байдуже окинувши поглядом мене в шматку павукової сітки, розгледіла джмеля, який досі топтався біля входу.

— Ей ти! Допоможи мені виплутатися, швидко! — крикнула вона йому, і в голосі оси зовсім не було страху.

— Ще одна... Чому ж я зобов'язаний це робити? — хмикнув джміль, презирливо дивлячись на безуспішні спроби оси вибратися з павутини.

Та, примружившись, подивилася на нього своїми величезними очима.

— А тому, що я виберуся і сама! А потім зжеру цього павука...

Павук, почувши це, злякано смикнувся — і так і закляк зі своєю сіткою, не наважуючись підійти до нової полонянки.

— А після візьмуся за тебе! Ні, я зроблю дещо краще: я скажу Джо, що ти не допоміг його охоронниці вибратися з небезпеки! І тоді...

— Ой! — пискнув раптом джміль, немов його самого ужалили. — Вибачте, пані, не признав вас!

Волохатий здоровань відразу заметушився і, незграбно підстрибуючи, кинувся на виручку до смугастої полонянки, яка була важливою персоною.

— Тут так темно, та ще ці мухи... Вибачте, зараз я вам допоможу... — джміль вже ледь не танцював навколо оси, щосили смикаючи павутину в різні боки.

Зі скрипом і скреготом надміцні нитки все ж розривалися, не витримуючи натиску двох сильних комах.

Павук, зметикувавши, що справи кепські, тихесенько боком відійшов, а потім пірнув кудись у темряву і знову розчинився в ній, немов його й не було.

Оса вже стояла на своїх лапках, з огидою зриваючи з себе залишки павутини.

— У... Гидота яка... — пробурмотіла вона і, звільнившись остаточно, гордо рушила до виходу.

Джміль, раз у раз кланяючись, побіг за нею — хоча жовта красуня і не думала дякувати йому за допомогу. Про мене ніхто з них не згадав...

— Допоможіть! — крикнула я, вклавши в цей крик весь свій відчай. Думка, що мене знову залишать тут, наодинці з жахливим вбивцею, була нестерпною. — Благаю, врятуйте мене!

Оса різко обернулася і, не роздумуючи, широким кроком підійшла до мене. Павутина під її лапками затріщала знову, і я нарешті змогла поворухнутися. Грубуватими, різкими рухами вона зривала з мене нитки павутини, а джміль взявся допомагати їй. Хоча тепер мені й дивитися на нього було гидко.

Зрештою я змогла вивільнити лапки і стогнучи розправила крила.

— Дякую! Дякую вам! Ви врятували мені життя! — від щирого серця вигукнула я, теж прямуючи слідом за осою до виходу. Швидше, швидше з цього жахливого місця!

— Пусте, — відмахнулася моя рятівниця так недбало, ніби й справді не зробила нічого особливого. — Наступного разу дивись, куди лізеш.

Я лише кивнула, почувши її грубувату пораду. Оса, гордо піднявши голову, вже стрімко злетіла.

Я виглянула назовні: дощ ще не закінчився, хоча важкі краплі падали тепер не так часто. Стрункий смугасто-жовтий силует замигтів між ними, ухиляючись від краплинок.

«І мені це до снаги!» — вирішила раптом я і стрімко злетіла вгору. Джміль поки залишався там само, всередині черевика, біля виходу. Але думка, що доведеться перечікувати дощ в компанії цього боягуза і підлабузника, була просто нестерпною.

Краплі, як і раніше, падали з неба; лавіруючи між ними, я піднімалася все вище. Летіти додому під дощем було так само небезпечно, як і знову шукати притулок в якій-небудь темній норі.

«А якщо — наверх»? — майнула раптом рятівна ідея, і я підняла голову: високо-високо над пагорбами Сміттєвого міста височіло величезне дерево. Здається, воно закривало собою пів світу, а гілки-стріли підпирали небо...

Треба летіти туди, де за широким листям можна сховатися!

Тепер уже без жодних сумнівів я стала підніматися ще вище.

Стрімко наближаючись до невідомості, на льоту ухиляючись від смертельно небезпечних водяних снарядів-крапель, я поки не знала, що попереду мене чекає ще одна зустріч.

Частина 5

Фелікс

Величезна гілка тяглася, здається, до самого горизонту, оточена мереживним переплетінням листя. Зелені, щільні, вони блищали від дощових крапель, але все ж на саму гілку вода падала менше. Тремтячи від напруги і холоду, я приземлилася на гілку і побігла до найближчого скупчення листя.

Але перед тим як пірнути під таке укриття, я уважно озирнулася — чи немає тут павуків або інших жахливих створінь.

Тепер, коли я дивом врятувалася з павутини, ніхто і ніколи більше не змусить мене забратися в невідоме темне місце! Але під листком нікого не було, і, влаштувавшись зручніше, я почала чекати, коли дощ нарешті закінчиться. Сумні думки прийшли самі. Пронизливий вітер і шум крапель звучали в унісон з ними.

Вдома зараз, напевно, хвилюються і не знають, куди мене занесло. А я не зможу повернутися, поки негода не закінчиться. І хто знає, що далі підготував мені цей день! Так, вчителька міс Вів'єн розповідала нам про небезпеки, які можуть підстерігати муху в її житті. І про Страшних Птахів, і про павуків, й інших хижаків, які не проти поласувати мухами. Але все ж я не була готова до того, що на світі є такі підступні комахи! Павук здавався таким нещасним, що я його пожаліла. І через свою жалості я потрапила в смертель-

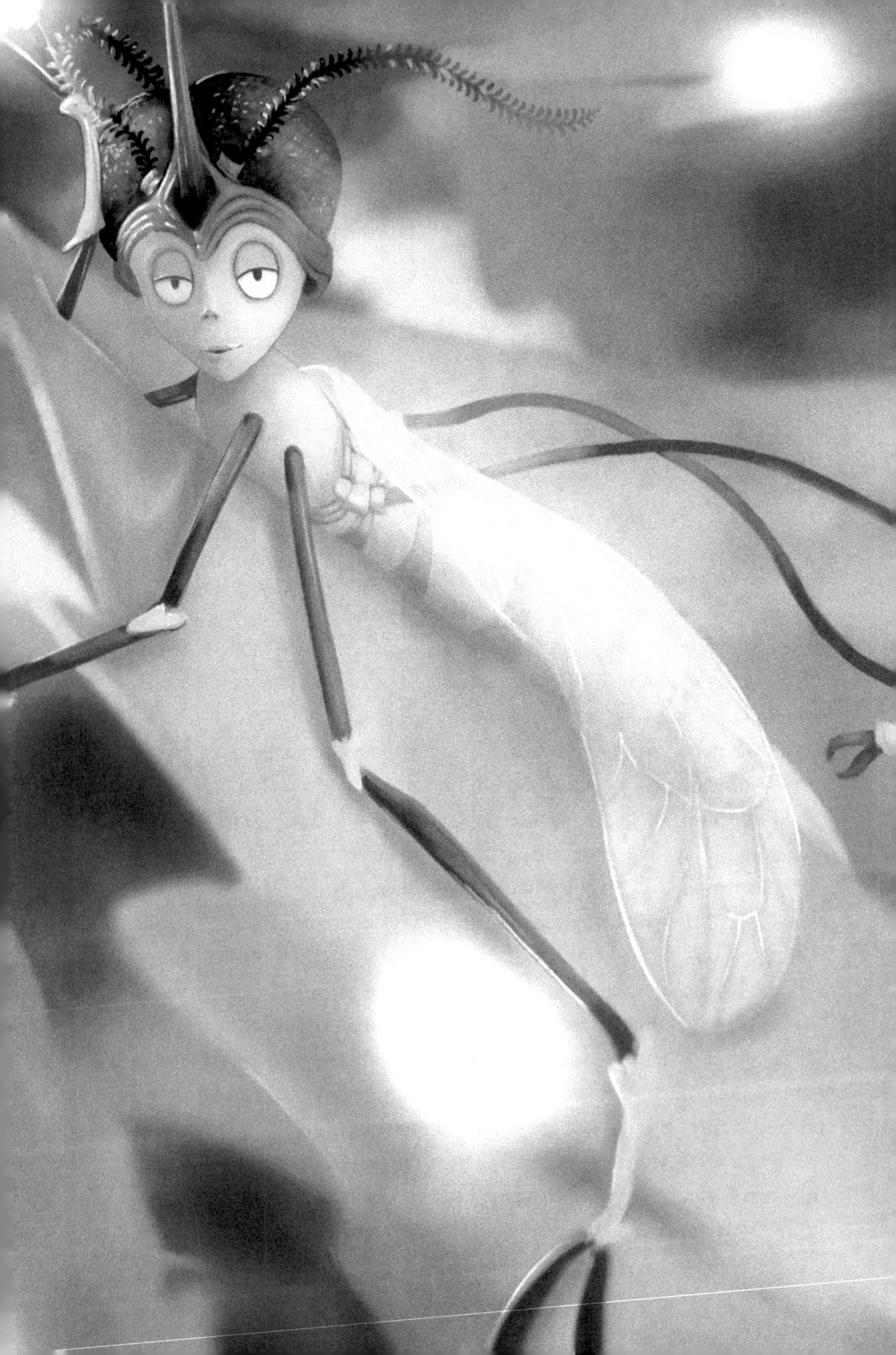

ну пастку! Якби не опинилася випадково в тій пастці оса — з павутини я б не вирвалася...

Монотонний шум води потроху заколисував, і, несподівано для себе, я задрімала просто на гілці...

Коли я відкрила очі, то відразу злякалася — навколо була така ж темрява, як і в норі павука! І тільки вітер, який так само продовжував шелестіти листям дерева високо над моєю головою, нагадував про те, що я не в пастці. Потроху очі звикли до темряви, і вона вже не здавалася такою непроникною. Чорні тіні від листя тремтіли і стрибали, вони бігали по гілках, як великі дивовижні комашки. А високо вгорі — там, куди показувало гілками дерево, блищали якісь розсипані по чорному крапки, вони ще й світилися.

— Що це? Невже Небесні Світляки? — прошепотіла я сама собі, з подивом, а потім і з захопленням розглядаючи розкидані іскри, які переливалися нескінченними відтінками всіх кольорів.

Дощ нарешті закінчився, і тільки пошматовані хмари ще повзали на небі, час від часу закриваючи собою це дивне сяйво. Але хмари швидко тікали, і Небесні Світляки розгорялися яскравіше, їх ставало все більше. Це було так красиво, що на якийсь час я забула про свої біди і про те, що залишилася зовсім одна темної ночі на незнайомому дереві. Я дивилася на цих прекрасних комашок, чиє світло робило небо яскравіше, і не могла відірвати від них очей.

Ось полетіти б і собі високо-високо, де так гарно і спокійно. Де немає віроломних павуків і подруг-зрадниць...

— Шкода... — прошепотіла я.

— Чом-м-м-му шкода? — продзижчав раптом зовсім поруч тонкий голос.

Від несподіванки я так підстрибнула, що мало не полетіла шкереберть зі своєї гілки вниз.

— Хто... Хто тут?

— Я тут. І ти тут. І дерево теж тут. І вітер. А ще тут ніч, — продовжував тонкий голос, такий меланхолійний і розслаблений, що в інший час я б відразу припинила боятися. Але не після сьогоднішньої пригоди.

— А ти хто? — обережно перепитала я.

Мої очі вже трохи звикли до темряви, і я побачила свого співрозмовника: маленький, щуплий силует на тлі великого листка. Він не був схожий на хижака, і видався мені не страшним.

— Як це хто? — щиро здивувався той. — Я це я. Фелікс.

— Ти часом не павук? — перепитала я про всяк випадок.

— Ні, я комар. А ти?

— А я муха. Мене звуть Марія, — я нарешті припинила хвилюватися і підійшла до нього ближче.

Фелікс напівлежав, розлігшись на листочку і витягнувши лапки. Він здавався просто уособленням спокою.

— А що ти, мухо Маріє, робиш тут в такий час? Всі мухи вже давно сплять.

— А я ... Вирішила трохи погуляти. І подивитися на Небесних Світляків.

— Так, сьогодні вони особливо гарні! Після дощу завжди так буває — вони світять яскравіше, — відгукнувся Фелікс. — А чого тобі шкода?

— Ти про що? — не зрозуміла я.

Тепер хвилювання вже минуло, і я була тільки рада такій зустрічі — удвох і не страшно...

— Ти казала, що тобі шкода. Це коли я тебе побачив, а ти мене ще ні, хоча я сиджу тут уже давно, — продовжував Фелікс, немов ми були з ним старими знайомими і тільки ненадовг розлучалися, а тепер зустрілися знову.

— Мені шкода, що я не Небесний Світляк, — раптом сказала я те, що зовсім не збиралася йому говорити. — Я б хотіла теж жити на небі і світити ночами, як вони...

Фелікс засміявся, але чомусь це було зовсім не образливо.

— Ти дивна муха! Я ще не зустрічав мухи, яка хотіла б бути Небесним Світляком... А я хотів би бути коровою, — раптово зізнався він.

— А чому коровою? Адже вони такі великі та страшні, — здивувалася я.

— І зовсім вони не страшні. Ну, хіба що спершу, коли до них підлітаєш. Зате варто трохи випити їх крові — і стає так хор-р-роше... що хочеться мукати від задоволення! Я навіть пробував, але у мене не вийшло, адже я не корова, — зітхнув Фелікс. — Але ось що я думаю: якщо від пари крапель крові корови стає так добре, то як же добре самій корові! Адже у неї он скільки крові!

Тепер уже настала моя черга сміятися — цей комарик дійсно був забавним. Я зрозуміла: він недавно випив трохи коров'ячої крові і вона на нього тепер діяла таким дивним чином. Але ось тільки...

— Послухай, Феліксе, а ти не обманюєш? Ну, що ти п'єш кров? — перепитала я з легкою недовірою.

Цей комарик не був схожий на брехуна, але на уроках нам розповідали про різних комах, і про комарів зокрема. І міс Вів'єн говорила, що у комариного народу кров п'ють тільки самки, і то тільки коли збираються відкладати яйця. Самці ж для цього не пристосовані. А тепер мій новий знайомий стверджував, що це не так...

— А-а-а-а, ти про це, — протягнув Фелікс трохи розчаровано. — Що ж, можеш мені не вірити. Я не ображаюся. Навіть мої батьки мені спочатку не вірили, — додав він і відвернувся від мене в інший бік.

Хоч Фелікс і сказав, що не ображається, але мав скривджений вигляд.

— Вибач, але в школі нам розповідали... — спробувала пояснити я, але Фелікс відмахнувся з досадою.

— Так, я знаю, що кров п'ють тільки комарихи, і все таке... Але таким вже я уродився. Спочатку я і сам не здогадувався про свої здібності. Але коли вперше побачив, як дівчатка намагаються укусити тварину — ми тоді собаку вивчали, — мені теж страшенно захотілося спробувати! І у мене вийшло — навіть краще, ніж у них, — додав Фелікс не без гордості. — А далі — захотілося знову, потім — знову. До цього швидко звикаєш і вже не можеш втриматися... Мої рідні теж спочатку і дивувалися, і до лікарів мене водили... Мама навіть літала до молі-ворожки за порадою. Але та сказала, що іноді так буває і деякі особливі комарі теж можуть пити кров, але тільки найрозвиненіші. І що потрібно пишатися, що у мене такі видатні здібності — можливо, мене чекає велике майбутнє... Після цього рідня заспокоїлася і дружно махнула лапками на цю справу. Ось тільки мої однокласники та інші в школі...

Фелікс зітхнув так сумно, що мені відразу стало його шкода. Напевно, важко бути особливим у зграї, яка тебе не розуміє...

«У тебе через це немає друзів? Тому ти і сидиш тут один, замість того щоб гуляти разом з однолітками?» — ледь не вирвалося у мене, але я вчасно стрималася. А якщо Фелікс образиться і полетить? Ображати його зовсім не хотілося — цей комарик своєю щирістю подобався мені все більше. Замість цього, щоб відволікти його від невеселої теми, я обережно поцікавилася:

— А як це — пити кров?

Комарик знизав худенькими плечима і, здається, трохи повеселішав.

— Це завжди по-різному. Дивлячись, чию кров ти п'єш. Якщо собаки, то від цього стаєш бадьорим і активним, тобі хочеться бігати і стрибати. Якщо якоїсь дрібної тваринки, то починаєш всіх боятися. А колись я спробував кров кажана — то дві ночі спав головою вниз! — зізнався Фелікс. — Але найбільше мені подобаються корови. Вони такі великі! І після їх крові хочеться лежати і дивитися на Небесних Світляків, стає спокійно, а думки течуть так по-о-о-повільно...

— А твої батьки? Вони не турбуватимуться, що ти гуляєш один так пізно?

— Не будуть! — безтурботно махнув лапкою комарик. — Вони навіть, напевно, не помітять, що мене немає вдома. Мама постійно на роботі, а тато зазвичай в своєму нічному клубі — їм ніколи мною займатися. Зате я можу робити що хочу! Наприклад, я люблю ночами сидіти тут, на цьому дереві, і думати про щось приємне...

— А мої батьки, напевно, турбуються про мене. І сестри, і брати теж... Вони навіть не знають, куди я полетіла...

Чи то Фелікс виявився таким уважним слухачем, чи то мені просто дуже потрібно було кому-небудь виговоритися — але я розповіла йому все про свої пригоди і образи. До самого світанку ми сиділи на гілці і говорили про все на світі. А коли сонечко весело виглянуло і покотилося з-за далеких кварталів нашого міста, ми розлучалися вже кращими друзями.

— Маріє, а ти... не вважаєш мене дивним? — запитав він на прощання.

— Ну що ти! — чесно відповіла я. — Я взагалі думаю, що було б дуже добре, щоб кожен міг робити те, що йому подобається, а не жити за правилами, які вигадали інші. А ти — молодець, що не боїшся бути собою справжнім — навіть якщо це комусь не подобається.

— Ти справді так думаєш? — здається, він трохи тішився з моєї відповіді.

— А я завжди кажу те, що думаю!

— Мухо-Яка-Каже-Те-Що-Думає, ти знайдеш дорогу додому? — запитав Фелікс, вже позіхаючи. — Я міг би тебе провести...

— Дякую, але я вже і сама не заблукаю. Дощу немає, і навколо світло. Я навіть звідси бачу наш квартал — он там великі купи риб'ячих скелетів!

Мені чомусь знову стало легко і весело, а всі хвилювання вчорашнього дня тепер не здавалися такими серйозними. Може, тому, що поруч був друг?

— Ну і добре, — Фелікс позіхнув ще ширше. — Бо щось спати хочеться... полечу краще я додому... Ще побачимося!

— Обов'язково! — я помахала йому лапкою вже в польоті.

Мій друг жив в Стічному кварталі, біля тоненького мутного струмочка з сильним запахом. Там було улюблене місце комарів. Хоча вони і не працювали разом з усіма, але вважалися такими ж рівноправними мешканцями Сміттєвого міста.

Тоді я ще не знала, що за право жити в нашому місті комарі змушені платити данину. Або надавати особливі послуги тому, чиє ім'я було відоме далеко за межами нашого звалища. І тільки, напевно, такі юні та наївні мушки, як я, не знали про те, що ніщо в Сміттєвому місті не відбувається без дозволу нашого мера — жука Рогача Джо.

Частина 6

Рогач Джо

Коли я повернулася додому, рідні дійсно дуже зраділи — вони вже майже оплакували мене. Адже такій недосвідченої мусі небезпечно залишатися зовсім одній, та ще й вночі!

Всі вони, затаївши подих, слухали розповідь про мої пригоди.

Я навіть знову почала трошки пишатися собою. І тепер, вирушаючи до школи, не переживала про те, чи шепотітимуться за моєю спиною однокласниці-пліткарки. Ну й нехай!

— Якщо їх життя настільки нецікаве, що їм розмовляти більше нема про що — тільки про мене, нехай говорять, мені не шкода, — сказала я своїй сестрі Моніці, коли ми увійшли в клас. — Від їхніх розмов не стану ні гірше, ні краще, ніж є насправді!

Однак, напевно, аматоркам пустих балачок обговорювати того, хто ставиться до пліток байдуже, — нецікаво... Втім, так чи інакше, але мене скоро залишили у спокої. І впевненості в собі мені додали пережиті події: коли вже я змогла пролетіти під дощем, ухиляючись від справжніх крапель, невже не складу якийсь звичайний залік з польотів?

Іспити я склала на подив легко, і навіть вчителька відзначила мої успіхи. Рідні могли мною пишатися!

А найдовгоочікуваніша подія стрімко наближалася: закінчення школи і свято з нагоди дня нашого повноліття!

Цей день, нічим не примітний для інших, повинен був стати незабутнім в нашому житті. Адже ми з дітей ставали дорослими! З такої нагоди на площі Великого Черепа біля нашої школи зібралося безліч комашок. Але святкування не починалося — всі чекали появи ключової фігури: нашого Мера.

Вчителька міс Вів'єн уже всоте перевіряла, чи все ми добре вивчили, щоб гідно показати себе перед високими гостями. Вона дуже нервувала.

І тільки коли всі вже надто втомилися стояти перед школою під палючим сонцем (день видався особливо спекотним), на вулиці нарешті з'явився кортеж.

Величезний жук-рогач сидів на спині чималої сіро-зеленої ящірки, яка швидко перебирала кігтистими лапами, спритно рухаючись кривими вуличками кварталу Риб'ячих Черепів.

Всі присутні, побачивши їх, здивовано ахнули — і поквапилися розступитися, даючи дорогу прибулим і боязко поглядаючи на ящірку. Про цього звіра на ім'я Ящір ходили легенди: говорили, його приручив і виростив сам Джо і ця страшна істота тільки його і слухалася. Подейкували також, що комашок, котрі завинили, він згодовував своєму Ящеру в темній норі... Але, може, це були тільки чутки...

Все ж щоразу, коли Мер хотів вразити своїх підлеглих, він з'являвся верхи на Ящері.

Я здивовано дивилася, як Мер Сміттєвого міста неквапливо спускається зі свого транспорту — раніше мені доводилося лише чути про нього. Зізнаюся чесно, такого великого жука я не бачила жодного разу! Його чорні жорсткі крила підкреслювали потужну фігуру, товсті чіпкі лапи впевнено ступали по землі, а величезні гіллясті роги перехрещувалися на голові на зразок корони. Виглядав Рогач Джо і справді вражаюче.

Свита Мера пересувалася пішки, і всі ці жуки неабияк захекалися, коли нарешті наздогнали свого господаря і вишикувалися за його спиною. Там були і жуки-вонючки, і кілька великих гнойових, і довгий зелений богомол, схожий на висохлий стручок. Трохи осторонь крутилася вже знайома мені особа — велика жовта оса, озброєна довгим загостреним жалом.

— Вітаємо вас, шановні гості! — вибігла вперед наша вчителька.

Вона страшенно хвилювалася, тому продовжувала ввічливо кланятися, поки головний гість зі своєю свитою велично пройшов на краще місце — біля основи Великого Черепа.

— Наші юні мушки сьогодні святкують своє повноліття! І вони хочуть показати вам, чому встигли навчитися в школі, — сказала міс Вів'єн і махнула задньої лапкою.

Це був сигнал: весь клас дружно зірвався з місця і злетів вгору. Тепер все залежало тільки від нас — як ми себе проявимо! І ми щосили старалися: під акомпанемент підбадьорюючого дзижчання знизу ми носилися роєм, літали на швидкість, виконували різні акробатичні фігури в польоті. Але найголовніше почалося, коли ми спустилися на землю, — наш танець мух. Він був дуже непростим: використовуючи своє тіло, муха повинна вміти дохідливо розповісти всім комахам, де вона знайшла їжу, яку саме і як туди дістатися. Ця універсальна мова жестів була, мабуть, найскладнішим предметом в нашій школі...

Виконуючи фігури танцю, я так захопилася, що зупинилася, лише почувши бурхливі аплодисменти.

Завмерши на місці, я навіть трошки злякалася: Рогач Джо пильно дивився саме на мене! За поглядом його великих чорних очей, абсолютно непроникним, не можна було зрозуміти, задоволений він чи сердиться.

— Ви постаралися на славу, вчителько, — несподівано проскрипів він низьким гучним голосом — деякі навіть здригнулися від його звуку. — Молоді мушки дійсно добре навчені і готові посісти своє місце в нашому суспільстві. Вітаю вас усіх!

Його піддані негайно відгукнулися бурхливими оваціями: немов зовсім і не ми щойно танцювали, не відчуваючи лап, а сам Мер Джо.

— З цього приводу я запрошую всіх молодих мух на бенкет, який вже приготований для них в Солодкому кварталі, — додав Мер, коли оплески стихли. — Їжте і пийте все, що хочете! Сьогодні ви — мої гості!

Сказавши це, під дружні вигуки всіх присутніх комах Мер Рогач Джо з гідністю підвівся і важко рушив до свого ручного звіра. Вся свита швидко побігла його наздоганяти, а ми застигли розгублені.

— А ви чого чекаєте? Думаєте, пан Мер ще раз запросить вас у Солодкий квартал? — крикнула нам вчителька.

І весь наш клас на чолі з міс Вів'єн весело рвонув слідом за мерським кортежем.

Ах, які це було веселощі! Розсипи солодких крихт, розірвані пакети з пахучою патокою, зіпсовані цукерки — вся ця розкіш була тепер нам доступна! Навіть похмурі жуки-вонючки, які пильно охороняли це добро, пропустили нашу галасливу компанію до найбажанішого для всієї молоді місця — в Солодкий квартал.

Об'їдання смаколиками та розваги до самісінького ранку — що може бути краще? Мабуть, тільки те, що ми зрозуміли: дитинство з його обмеженнями, нудними уроками, строгими вчителями нарешті залишилося позаду. А попереду — самостійне доросле життя, коли вже ніхто не зможе тобі вказувати або розпоряджатися тобою. І для тебе відкриті всі дороги, а світ благодушно посміхається — йди ж, лети, куди хочеш, будуй своє щастя!

У цю довгу яскраву ніч після застілля наші розваги в Солодкому кварталі продовжилися танцями під музику гучних цикад. Серед миготіння різнокольорових вогників нічних світлячків, безтурботно сміючись, ми невтомно кружляли і раділи...

А рано вранці, коли для танців вже зовсім не залишилося сил, всім класом полетіли зустрічати світанок на найвищу будівлю в центрі міста — Сміттєву Вежу.

І тільки потім, знесилені і задоволені, розійшлися по своїх домівках — відпочивати і відновлювати сили. Адже на наступний день нас чекала не менш хвилююча подія.

Частина 7

Перший робочий день

Цього ранку ми вперше всією сім'єю летіли на роботу. Пролітаючи над Сміттєвим містом, бачили, як звідусіль поспішали жуки, гусениці, мухи та інші комахи, прямуючи в одному напрямку — до центра міста, на Свіжосміттєвий майданчик. І все звалище в таку ранню годину просто кишіло комахами.

— Як їх багато! — не витримала я. — Невже всі працюють в одному місці?

— Ні, не в одному, нас розподіляють по робочих місцях — відповідно до того, де ми можемо найкраще себе проявити, — пояснила мама. — Але всі комахи зобов'язані працювати, щоб продовжувати жити в місті і отримувати свої харчі.

Розділилися всі ще в повітрі: брати полетіли за татом на дальній край майданчика. Ми з дівчатами тільки встигли помахати їм і побажати удачі. А потім сіли на невеликій круглій галявинці біля підніжжя величезної сміттєвої купи, де з самого ранку копошилися працівники, розбираючи сміття, сортуючи відходи і перетягуючи їх куди слід. За роботою комашок стежили жуки-вонючки: самі вони нічого не носили, тільки розпоряджалися.

Залишивши нас разом з компанією таких самих молодих мух, які потрапили сюди вперше, мама побажала нам удачі — і помчала на своє робоче місце.

А до нас вже поспішали кілька товстих зелених мух, які взялися нас розглядати з незадоволеним виглядом.

— Які дрібні дівчата пішли! Малявки просто! — пробурчала одна, звертаючись до своєї напарниці.

— І не кажи! Вибрати нема з чого! Так їх вітром знесе при першій негоді! — вони спілкувалися так, ніби нас тут і не було або ми були неживими предметами.

— Ну добре, що ж робити... Ти, ти і ти — відійшли сюди! — це вже нам.

Зелені товстухи почали ходити між рядами новеньких і вибирали деяких, кому наказували відійти в бік.

Потім перша керівниця зі своєю групою пішла до купи сміття. Інша пошкандибала до великого сортувального майданчика — і дівчата, відібрані нею, слухняно побігли слідом. Нарешті пішла і третя група. На галявинці залишилося всього чотири мухи — ми з Монікою і ще дві, такого ж невеликого розміру.

— Нас залишили, бо ми найменші, так? — Моніка ледь не плакала.

— Ні, бо нас обрали для іншої роботи, — спробувала заспокоїти я сестру, але мені теж було неспокійно. Це навіть не нагадувало те, чого я очікувала: думала, нам запропонують на вибір, що б ми хотіли робити, в чому вбачаємо своє покликання... Замість цього всіх просто відсортували, а нас до того ж залишили як невідповідний матеріал.

— А чого це ви тут стоїте? — звернулася до нас немолода коричнева жучиха.

Її крила, маленькі і гострі, стирчали на спині неакуратною купою.

— Ми прийшли на роботу. Але нас... не взяли ті мухи, які повели інших, — пояснила Моніка.

— Ясно... Ну нічого, знайдеться і для вас робота, нічого тут стирчати! Пішли за мною!

Жучиха рішуче потупотіла вниз стежкою геть від сміттєвої купи, і нам теж довелося наздоганяти її. Це, до речі, було зовсім не просто — вона пересувалася дуже швидко, і ми ледь встигали за нею.

Йти довелося не дуже далеко: за Свіжосміттєвим майданчиком під землю йшла велика іржава труба. Не обертаючись, жучиха увійшла в неї і побігла вниз, у темряву. На хвилину я зупинилася: знову йти в морок, невідомість зовсім не хотілося...

— Гей, чого ви там застрягли? — почувся знизу сердитий голос. — Наздоганяйте!

Зібравши всю сміливість, я пішла за іншими — і на превеликий свій подив, минувши темний коридор, опинилася у величезному приміщенні. Тут було дуже тепло і сиро, а простір освітлювало тьмяне світлом жовтуватих грибів, які росли прямо зі стін. Роззявивши роти від подиву, ми заклякли на місці — ні про що подібне раніше не чули.

— Це — міський сектор опаришів. Ясла, — пояснила наша провідник, і голос її потеплішав. Помітно було, що говорить вона з гордістю. — Тут чекають свого пробудження і перетворення в личинки тисячі яєць! А ми про них піклуємося. Тепер і ви теж будете допомагати мені в цьому.

Тільки тепер в тьмяному світлі грибів-гнилиць я помітила, що в усі боки йдуть довгі тунелі, де на м'якій підстилці з моху лежать рядами великі яйця. Їх було так багато, що просто не вірилося! Тут, здається, знаходилися і яйця мух, і різних жуків, і хто його знає, кого ще...

Наша провідниця назвалася старшою нянею Ірен. А ми всі від сьогодні ставали молодшими нянями і повинні були її слухатися.

Ми з дівчатами трохи підбадьорилися: робота в яслах — це дуже корисна праця, і вона на благо всього міста! А Ірен виявилася зовсім не такою сердитою, як ми подумали спочатку. Вона все нам показала і пояснила, як і що робити.

Крім нас, в яслах працювали ще чотири десятки мух і жучиха, і всім була робота. Ми вимірювали температуру, укладали на мох нові яйця, обережно перевертали кладки, щоб вони не залежувались і розвивалися рівномірно.

Протягом усього робочого дня у нас не було і хвилини на відпочинок! Цей день видався нам особливо довгим. Але коли Ірен покликала нас всіх і сказала, що можемо бути вільні, ми, новенькі, полишали своє теперішнє місце перебування із задоволенням і майже з гордістю. Адже відтепер ми не якісь там школярі, а корисні і повноцінні члени суспільства!

Разом зі старшою нянею та іншими працівницями сектора опаришів ми вирушили отримувати заслужену винагороду — обід.

Великі купи свіжого гною вже були обліплені іншими мухами; на нашу появу ніхто особливо не відреагував, як ніхто і не привітав нас. І тільки тепер, біля купи їжі, я відчула, як насправді зголодніла. Раніше ми обідали в школі чи вдома, не замислюючись, звідки ця їжа береться. Тепер же перший чесно зароблений гній видався особливо смачним! Ми поспішно накинулися на свій обід, як і всі інші. Трохи віддалік я побачила своїх колишніх однокласників — вони теж жадібно набивали шлунки, не відволікаючись на спілкування.

Наситившись, втомлені, ми з Монікою вирушили додому.

Деякі сестри і брати вже чекали нас вдома; інші прилетіли трохи пізніше. Виявилося, всіх хлопчиків взяли вантажниками, чим вони дуже пишалися: на таку роботу беруть лише міцних хлопців! Мелінда, Марша, Меріен і Мікаела потрапили в сортувальний сектор, де під наглядом тієї самої зеленої мухи, котра обізвала нас малявками, цілий день на конвеєрі сортували сміття. А незвичайна робота дісталася нам з Монікою, сестричці одразу захотілося похвалитися перед подружками.

— Йдемо, подзижчимо на Кісточці!

Ми спустилися вниз, до будинку, де йшла тусовка здебільшого молоді. Вчорашні школярі хвалилися один перед одним своїми успіхами і тією роботою, яку вони тепер виконують.

Ми вже не відчували себе дітьми! Тому і розмовляли як дорослі. Ніякого квача чи інших ігор! Адже відтепер ми серйозні дівчата і хлопці...

Мені дуже захотілося поділитися своїми враженнями з одним. Однак летіти до Фелікса на гілку — шлях неблизький, та й вранці знову на роботу... Краще поки відпочити, а вже завтра — обов'язково побуваю у свого друга...

Я ще не знала, що ось так, поступово і непомітно, настає рутина...

Частина 8

Рутина

Кожен день для мене, як і для всієї моєї сім'ї, починався з раннього підйому і дороги на роботу. Мої брати і сестри потроху звикли до такого графіку; найважче виявилося Матіасу — він любив лягати і вставити пізно, тому ранній підйом для нього став випробуванням.

— Навіщо вставати так рано? — бурчав Матіас щоранку, ледве продираючи очі. — Робочий день можна було б починати хоча б на годину пізніше — нічого страшного не сталося б...

— Нам слід вставати рано зовсім не тому, що ми чогось не встигнемо, а тому, що повинні відчувати свою причетність до робочого процесу. Всі встають рано-вранці, адже їх час не належить їм — він відданий праці. А праця не може бути легкою і приємною, інакше це буде вже і не праця, — повчально повторював тато щоранку, підганяючи Матіаса.

Але коли я запитала, чому він так вважає, батько відповів: так каже їх начальник — а значить, це правильно...

Далі була звична дорога на роботу, і біля Свіжосміттєвого майданчика наші шляхи розходилися. Кожен вирушав робити те, що йому належало.

Я йшла в сектор опаришів, де старанно виконувала всі ті самі нескладні дії: прибирала тунелі, підстилала мох під нові кладки, перевертала яйця. Щодня в однаковий час ми приступали до своїх обов'язків, і наш робочий день закінчувався тільки за сигналом старшої няні Ірен. Ми з сестрою освоїлися на новому місці досить швидко, та й робота не була такою вже складною і важкою.

Але щось, здавалося, йшло не так...

Я відчувала це щоранку, піднімаючись з ліжка і прямуючи в сектор опаришів. Поглинаючи ввечері з іншими мухами зароблений корм, я думала, що упустила щось, десь щось не зовсім зрозуміла, і тепер саме цього «чогось» мені дуже не вистачає.

Немов маленький камінчик, який ненавмисно проковтнула разом з їжею, воно дряпало мене зсередини і не давало спокою...

Одного вечора, коли я разом з іншими дівчатами і хлопцями гуляла біля будинку, на Кісточці, цей гнітючий камінчик раптом вискочив, дозрівши. Він виявився запитанням — «Навіщо?»

— Моніко, як ти думаєш, а навіщо ми живемо? — запитала я у сестри, коли ми поверталися додому після роботи.

Моніка, сита і задоволена, лише заплескала очима.

— Як це навіщо? Живемо — і все. Всі так живуть.

— Але навіщо? Кому від цього користь? І чому ми повинні жити саме так?

Моніка лише знизала плечима, а через хвилину вже почала дзижчати про те, що Івон давно не показувалася на Кісточці, та й на роботі її ніхто не бачив. Цікаво, куди вона поділася?

Тепер настала моя черга знизувати плечима — мені це було зовсім не цікаво...

— Усім велика користь! — повчально промовив брат Міккі, коли я звернулася до нього з тим самим запитанням. З усіх чотирьох братів він був найбільшим, майже як тато, і тому останнім часом спілкувався з іншими трохи зверхньо. — Всі працюють, як і ми, і отримують можливість їсти досхочу.

— Так, але ми не можемо вибирати свою роботу, а робимо те, що нам скажуть. На звалищі повністю командують помічники

Мера, і він один вирішує — кому і скільки давати їжі, хто і що робитиме. Ми не маємо права вибирати, коли нам працювати, а коли відпочивати — це теж за нас вирішено. І що ми будемо їсти, теж нам говорять... А якби ми раптом відмовилися працювати на звалищі і їсти гній, що тоді?

— Ти хоч не думай базікати подібні речі на роботі! — строго сказав тато, почувши нашу розмову. — Бо тебе швиденько викличуть до Начальника сектора, можливо, і до самого Мера! І запитають: а чому це робітник не хоче працювати?

— Так у тебе взагалі робота найлегша! Це ми в будь-яку погоду — і в холод, і в спеку — цілий день на вулиці! І нічого, не скаржимося! — накинулася на мене Марша.

— Не те що ти! Ми працюємо на повну силу! — підтримала сестру Мікаела.

— Але я зовсім інше мала на увазі, ви не зрозуміли... Я теж працюю! Просто думаю... — почала було я, проте сестри і брати демонстративно відвернулися від мене, даючи зрозуміти, що не хочуть розмовляти з такою ледаркою.

— От і не треба просто думати! — поставив крапку в нашій розмові тато. — Думати — це проблема начальства, а в наші обов'язки таке не входить. Їм видніше, як все повинно бути і на роботі, і в місті, — вагомо закінчив він і пішов у свій куток відпочивати.

— Таж я взагалі-то не тільки про роботу... — пробурмотіла я, але ніхто вже цих слів не слухав.

Лише мама, помітивши мене засмученою, підійшла мене втішити.

— У тебе проблеми на роботі, доню?

— Ні, там все добре, справа зовсім не в тім, — зраділа я, що мене хтось слухає. — Мені просто хочеться знати, чому все так влаштовано? З якого дива ми повинні слухатися начальників секторів і кожен день в один і той самий час ходити на роботу? Чому все звалище працює на Рогача Джо? Він і його помічники ніколи не працюють, а їдять найкраще! Решта ж — працюють цілими днями... По-моєму, це несправедливо, — спробувала пояснити я. — І ось ми, мухи... Може, ми могли б жити по-іншому, якби пробували змінити щось у своєму житті?

— А навіщо щось міняти? — здивувалася мама. — Всі мухи споконвіку харчувалися гноєм і відходами, відкладали яйця і розмножувалися. Прожити, як годиться, самій і залишити після себе потомство — чим тобі це не подобається?

Я тільки зітхнула; здається, мама теж не зрозуміла мене. Або зрозуміла по-своєму.

— Живи, як всі, доню, і будеш щасливою. Навіщо щось вигадувати, коли все давно влаштовано так, як повинно бути? Бери приклад зі своїх сестричок — вони зустрічаються з хлопцями, думають про майбутнє. Пора б і тобі задуматися про те саме. А не псувати настрій оточуючим і собі дурними запитаннями, — мама ласкаво погладила мене по голові, як дитину.

Напевно, вона так і думала — дурненька Марія робить щось не те...

Частина 9

Запитання

А може, вона має рацію? Може, вони всі мають рацію, а я одна помиляюся? Адже якщо всі говорять одне і те ж, ймовірно, це і є правда?

— Схоже, я якась неправильна муха, так? — невесело питала я у Фелікса, коли ми відпочивали на своїй гілці.

Теплий вечір вже огорнув наше дерево фіолетовими тінями, які танцювали на вітрі. Комарик лежав, влаштувавшись на своєму улюбленому листочку, і мрійливо дивився в небо. Сьогодні він знову випив коров'ячої крові, тому перебував в особливо миролюбному настрої.

— Ось всі собі просто живуть і ні про що таке не думають, — продовжувала я. — І, напевно, щасливі. А у мене не виходить…

— Але навіщо тобі знати відповіді на такі запитання — чому ти муха? Навіщо живеш? Чи може бути по-іншому? Хіба, отримавши відповіді, ти зможеш стати щасливою? — здивувався Фелікс.

Мій друг, навіть якщо і не зовсім розумів мене, хоча б не вважав дурною, як інші.

— Не знаю, — чесно зізналася я. — Але, не знайшовши їх, я точно не зможу стати щасливою…

— Дивна ти, — посміхнувся Фелікс, дивлячись повз мене в темнувате небо, де вже набухали перші грона далекого світла. Здавалося, ще трохи — і вони розквітнуть крилами Небесних Світляків. — Навіщо знати, якщо змінити все одно нічого не зможеш... Ось я, наприклад, комар. Хоч і як хотів би стати мухою, як ти, у мене б не вийшло. Або коровою...

— Але я іноді думаю, що народжена для чогось більшого, ніж просто відкладати яйця і їсти гній...

— О, є ще одна така ж — з дивацтвами — дівчина, як і ти, — хихикнув раптом Фелікс. — Вона теж любить повторювати: «Я створена для чогось більшого, ніж просто їсти і повзати».

— Про кого це ти? — підстрибнула я, не вірячи, що серед комах знайшовся ще хтось, у кого схожі погляди на життя. Невже я не самотня?

— Про одну мою знайому. Її звуть Сюзанна, вона ге-е-ен там, на самісінькому краю міста живе. Вона мені казала, що хоче літати і що це у неї обов'язково вийде. Уявляєш?

Фелікс весело засміявся, але я не розуміла його настрою.

— Ну і що тут такого, що вона хоче літати?

— А те, що вона — гусениця! Як же вона полетить? Гусениці тільки повзають! Однак вона всерйоз розповідала мені, ніби у неї скоро виростуть крила і тоді полетить звідси в якесь особливе місце, де все зовсім не так, як тут. Вона трошки божевільна... Хоча і прикольна, — додав Фелікс.

Те, що я почула, немов ударило мене струмом!

— Яке місце?! Про що саме вона тобі розповідала, Феліксе? — я підскочила, готова просто зараз робити... що? Цього я і сама не знала, але всидіти на гілці вже не могла.

— Та не пам'ятаю я, — меланхолійно змахнув крильцями мій друг. — Я тоді, здається, був на релаксі. Ну, ковтнув трошки коров'ячої крові... Хочеш, я тебе з тією гусеницею познайомлю, сама і розпитаєш, — запропонував Фелікс, помітивши моє розчарування.

— Звичайно! А коли полетимо?

— Коли забажаєш! Або коли у тебе буде час. Адже я не літаю на роботу, мені все одно...

— Ти маєш рацію, — зітхнула я. — Треба буде знайти час і обов'язково злітати до цієї твоєї знайомої!

В ту мить я категорично вирішила знайти Сюзанну і на власні вуха почути її розповідь. Навіть попередження Фелікса про те, що вона божевільна, на мене не подіяло. А раптом він щось не так зрозумів і з її розумом все в порядку? Мені хотілося в це вірити. Бо, якщо є ще на світі комашки, які теж думають не тільки про звичайні речі, тоді, може, не така вже я і божевільна?

Як би там не було, розповідь Фелікса подарувала мені промінчик надії. Прощаючись із другом, я летіла додому вже в піднесеному настрої. Пообіцяла йому, що скоро обов'язково прилечу і ми разом вирушимо до Сюзанни.

Тоді я не знала, що мене чекає чергове випробування. І почалося воно з повені...

Частина 10
Повінь у Сміттєвому місті

В ту ніч ми прокинулися в своїй квартирі від жахливого гуркоту: здавалося, все небо високо вгорі розкололося і скоро посиплеться великими уламками прямо на наш будинок. Гроза паленіла на всі боки страшними спалахами білого вогню, а вітер з такою силою шарпав споруди, що я подумала: ще трохи — і ми всі злетимо у повітря разом з нашим будинком...

Збившись в купку, ми перечікували негоду. Але вона затягнулася надовго — і під гуркіт грому почалася ще й злива. Та така сильний, що вода сочилася звідкись із верхніх поверхів і залітала у вікна холодними бризками...

Будинок встояв, хоч і дуже розмокнув. А ось виспатися в ніч великої грози не вдалося нікому, тому на роботу ми вирушили абсолютно розбиті, сонні, з підмоклими крильцями.

Нашому місту добре дісталося від цього шквалу — деякі будівлі зовсім розсипалися, і навколо них тепер в розпачі бігали мурашки, які втратили своє житло. Іншим купах завдала шкоди вода — калюжі стояли просто жахливі і в окремих будівлях затопило по кілька нижніх поверхів.

А річечка Стічна, яка досі залишалася тоненьким струмочком, котрий тягнувся через весь смітник, відтепер перетворилася на бурхливий потік, який знищив половину Стічного кварталу.

Але найбільше потрясіння чекало на мене попереду, коли ми з Монікою дісталися нарешті до місця своєї роботи. Вода Стічної річки, що тепер текла, огинаючи Свіжосміттєвий майданчик, кудись за дальній край звалища, вільно бігла іржавою трубою вниз...

— Нас залило! — закричала Моніка і перша кинулася вниз.

Води було так багато, що ми могли пересуватися тільки в повітрі — інакше ризикували потрапити в каламутні потоки.

Всередині вже щосили кипіла робота: майже половина довгих тунелів, де зберігали яйця, були залиті водою. А всі працівниці не покладаючи рук відчайдушно намагалися врятувати решту кладки, перетягуючи яйця у верхні тунелі, куди вода не діставала.

— Скільки разів я говорила Начальнику сектора: потрібно зміцнити хоча б нижню частину труби, щоб уберегтися від подібного! — бурчала Ірен, зваливши собі на спину відразу десяток яєць і, важко човгаючи, потягла їх наверх. — Але хто мене слухав! А тепер... Ми втратили, напевно, половину всіх яєць!

— Треба повідомити про це Начальника, — пискнула Джулі — ще одна молода мушка з нашого сектора, з якою ми останнім часом здружилися.

— Пізніше! Зараз немає часу на це! Спершу потрібно перенести всі яйця з підтоплених тунелів і переконатися, що все гаразд з іншими, — скомандувала Ірен. — За роботу, дівчатка, ну ж бо!

Страх втратити ще більше яєць підганяв нас. По живіт у воді, ми невтомно гасали взад-вперед, перетягуючи майбутнє потомство. Ірен працювала, мабуть, найактивніше — найбільша, вона могла і ваги підняти більше. Тим часом і ми намагалися, як могли. Але тільки ближче до вечора нам вдалося закінчити роботу: всі яйця були перенесені наверх і надійно влаштовані. Ті ж, що врятувати не вдалося, ми перетягнули в один із затоплених тунелів.

Ледве не падаючи від втоми, нарешті сіли відпочити на ще вологу підстилку з моху. Саме в цей момент в коридорі почулися кроки.

Ми переглянулися, насторожившись: чужі до нас заходили рідко коли, а для прийому нової кладки яєць було вже пізно — зазвичай їх привозили зранку.

Але слідом за гучними звуками кроків виникли і самі прибульці: два широкоплечих жуки з кам'яними обличчями. Специфічні візерунки на крилах не залишали місця для сумнівів щодо того, хто до нас завітав: жуки-вонючки, хранителі порядку у всьому Сміттєвому місті.

— Хто з вас старша няня Ірен? — проскрипів один.

У нього був дуже неприємний голос.

— Я, — Ірен, трохи накульгуючи, рушила назустріч правоохоронцям.

Бігаючи залитими водою коридорами, вона наступила на щось гостре і пошкодила собі лапку. Але зупинитися і полікувати рану досі часу не було…

— Ви підете з нами, — відчекав інший жук, і правоохоронці стали по обидва боки від жучихи.

Ірен озирнулася на нас, намагаючись приховати хвилювання і розгубленість.

— Дівчата, продовжуйте прибирати. Віоло, ти залишаєшся за старшу. А я скоро повернуся, — додала вона трохи тремтячим голосом і рушила до виходу в супроводі вонючок.

Ми тільки розгублено перезирнулися.

— Але що вона такого зробила? Чому її забрали? — занепокоїлася Джулі.

— Може, Начальник сектора просто вирішив дізнатися, як тут у нас справи, і тому послав по Ірен? — припустила Віола, одна з найстарших і досвідчених робітниць.

— Їй слід було відразу доповісти йому про те, що трапилося, — зітхнула Моніка. — Даремно вона не вирушила до нього сама…

— Але ми ж рятували яйця! Це несправедливо, якщо її покарають! — вигукнула я.

Це дійсно було б нечесно — адже старша няня намагалася з усіх сил, щоб врятувати якомога більше яєць…

— Все буде добре, — заспокоїла нас Віола. — Вона просто відзвітує перед Начальником і повернеться до нас. А тепер досить базікати, продовжуйте далі прибирати, — строго сказала вона.

Сперечатися ніхто не став, і ми знову взялися до роботи. Але поява жуків-вонючок у секторі опаришів все одно здавалася нам поганим знаком, тому припинити хвилюватися було складно. Особливо коли до кінця дня Ірен не повернулася.

— Напевно, вона просто не встигла до нас, — заспокоювала всіх Віола. — Думаю, завтра зранку повернеться і все нам розповість.

З важким серцем летіла я додому в цей день. Хоча Моніка, на відміну від мене, була спокійна.

— Все буде добре, — заспокоювала мене сестра. — І не треба так турбуватися про старшу няню. Вона тобі що, рідня?

Але мені її впевненість не передалася. Нетерпляче я чекала наступного ранку...

Частина 11

Нова старша няня

З'явившись у секторі опаришів, я не зустріла там Ірен, хоча зазвичай старша няня приходила на роботу першою. А коли нарешті в коридорі обізвалося відлуння чиїхось кроків, мало не підстрибнула від радості — і побігла зустрічати нашу старшу.

Тим часом, на превеликий подив, замість Ірен побачила якогось незнайомця жука. Цей теж був рогачем, як і наш Мер, але набагато менше за розміром. Він уважно оглянув усіх працівниць, вже присутніх за моєю спиною.

— Хто з вас Моніка? — запитав після важкого мовчання, так і не привітавшись з нами.

— Я, — моя сестра сміливо вийшла вперед.

Жук зміряв її оцінюючим поглядом і хмикнув.

— Від сьогодні ти призначаєшся старшою нянею, — сказав він.

Ми всі розгублено переглянулися — що б це значило? Здається, більше від усіх була розгублена Віола — вона досі залишалася головною помічницею старшої няні. Але накази не заведено обговорювати...

Вважаючи розмову закінченою, товстий жук розвернувся і рушив до виходу. Тільки зараз я схаменулася і кинулася за ним.

— А Ірен? Де вона?

Жук-рогач, зупинившись, подивився на мене з цікавістю.

— Вона більше тут не працює, — прогудів він і пішов геть.

А я так і залишилися стояти зовсім розгублена.

— Маріє! — до мене підбігла Віола. — Це сам Начальник сектора, — прошепотіла вона.

— Але що ж...

— Я чула — вона арештована, — так само тихо продзижчала Віола. — Через погане виконання своїх обов'язків.

— Але чому? Вона ж все робила правильно... Так нечесно! — вигукнула я, тепер не думаючи про те, чи міг мене почути той самий Начальник, який призначав Моніку головною.

— Дівчата! — пролунав голосок моєї сестри. Вона залишалася спокійною, наче нічого й не сталося. — Повертайтеся до роботи! Якщо вже мене призначили головною...

— Це нечесно! — знову вигукнула я. — Ми повинні піти до Мера і все йому розповісти!

Я обернулася, шукаючи підтримки, але інші мухи стояли мовчки, опустивши голови. Ніхто з них не хотів боротися за справедливість. Це був страх... Він обплутав їх, ніби павутиною. І ніхто навіть не намагався вибратися з цієї пастки...

— Тоді... Тоді я сама піду до Мера Джо!

Частина 12

Аудієнція у Мера

Може, дівчата й захотіли б мене напоумити і відрадити від подібної ризикової затії, проте я не залишила їм такого шансу, як і собі можливості потрапити в лапи страху і передумати. Заявивши про своє рішення, відразу ж злетіла — і понеслась до палацу Рогача Джо.

Розташовувалася резиденція Мера між Солодким і Свежосміттєвим кварталами, не помітить її хіба що сліпий черв'як. Найвища будівля зі шматків кольорового пластику була укріплена землею і прикрашена різноманітним сміттям — мурахи-будівельники постаралися на славу. Будь-яка негода була їй не страшна, а шматки скла в стінах переливалися на сонці, на всі боки пускаючи сонячні зайчики.

Я мимоволі застигла вражена: раніше мені ніколи не доводилося бачити палац Мера поблизу. Вірніше, у мене ніколи не було на це часу...

— Що ти тут робиш, мухо? — почула я сердитий голос. До мене вже поспішав здоровенний гнойовий жук; його довгі вуса загрозливо стирчали. — В цей час всі мухи повинні бути на роботі!

— Мені потрібно до Мера! — рішуче заявила я. — У мене є для нього важлива інформація.

— А тобі призначена аудієнція? — підозріло запитав сторож-воротар, розглядаючи мене з усіх боків.

— Ні. Однак, якщо я не потраплю до Мера Джо і не розповім йому те, що повинна розповісти, він, можливо, дуже засмутиться. І почне шукати винних — чому важливі новини не дійшли до нього відразу...

Я відчайдушно блефувала, але у мене не було іншого виходу. Хтозна, де зараз бідна Ірен і що з нею відбувається...

Жук сердито насупився. Але було помітно, що рішучості проганяти мене у нього поменшало.

— Гаразд... Проходь, — буркнув він, відкриваючи переді мною ворота.

Тепер уже боятися було пізно. Щосили приховуючи хвилювання, я увійшла всередину. Ледь переступила поріг, як до мене відразу ж підлетіла комашка з тоненькими крилами кольору пилу — здається, це була моль.

— Добридень! — заторохтіла вона. — До кого ви прямуєте?

Ця вже не питала, чому я ухиляюся від роботи, — якщо мене пропустив охоронець внизу, значить, я підтвердила своє право перебувати тут.

— Добридень! Проведіть мене до Мера Рогача Джо! — випалила я.

Тонка моль здивовано закліпала крильцями.

— Вам призначена аудієнція? Мер не приймає нікого просто так...

— Навіть якщо у мене важливі новини про надзвичайну подію?

— Ви можете повідомити одному з його помічників...

«Ну ні! — подумала я. — Якщо йти, то до кінця...»

— Це дуже важливе донесення, і я можу повідомити його лише йому особисто! — рішуче заявила я, і моль таки здалася.

— Добре, тоді я проведу вас...

Я полетіла слідом за нею довгим коридором: він був таким високим і широким, що там вільно могло вміститися одночасно ще пів рою мух.

Нарешті ми зупинилися перед високими дверима. Моя провідниця одразу зникла за нею. Мені довелося і тут трохи понервувати, перш ніж двері відчинилися.

— Проходьте, — пискнула моль.

Переступивши поріг і зробивши пару кроків, я ледь не скрикнула — лапи потонули в чомусь м'якому. Вся підлога величезного приміщення була вкрита найм'якішим зеленим мохом, а стіни — обплетені візерунчастими гілками дивовижних рослин... І посеред цієї розкоші височіло крісло-трон із різьбленого корча, в якому мовчки сидів Рогач.

На злегка тремтячих лапках я підійшла до трону.

— Здрастуйте, пане Мер... — вклонилася так красиво і ввічливо, як нас вчили в школі.

Напевно, міс Вів'єн могла б мною пишатися... Але на Мера мій реверанс не справив жодного враження.

— Ну, і з чим ти прийшла до мене, нахабна маленька мухо? Говори швидко, поки я не передумав слухати тебе.

— Пане Мер! Ви — найголовніший в нашому місті, і тому саме до вас я хочу звернутися за справедливістю. Сталася жахлива помилка! Одну дуже чесну і віддану своїй роботі жучиху заарештували...

— Де ти працюєш? — обірвав мою мову грубим голосом Мер.

— У секторі опаришів.

— Опаришів?!

Він раптом зірвався з місця, кинувся до мене і, схопивши мене, почав трясти.

— Як ви могли допустити, що майже половина моєї майбутньої армії загинула?! Це зрада! — закричав Джо, вихитуючи мною в повітрі, немов іграшкою.

— Як... якій армії? Пане Мер, це якась помилка! Ми лише дивимося за яйцями...

— Помилка, що я довірив настільки важливу справу таким дурням! — продовжував кричати він, відкинувши мене вбік і повертаючись до свого трону.

— Однак старша няня Ірен не раз зверталася до Начальника сектора з проханням зміцнити нижню частину труби, щоб уберегти кладки, якщо раптом підніметься вода, — я відчайдушно намагалася знайти рятівні слова, адже тепер, схоже, в небезпеці опинилася не тільки Ірен... І, здається, потрапила в точку.

— Гм... Зверталася? — Рогач Джо здавався вже спокійним.

Його раптовий спалах гніву згас так само несподівано, як і виник.

— Так, і не раз! Вона сама говорила нам про це. Але на її прохання ніхто не звернув уваги...

Повисло мовчання. Мер, здається, добре задумався.

— Добре... Іди, мухо. Я в усьому розберуся... Як, до речі, твоє ім'я?

— Марія, — відповіла я.

Мій страх перед цим величезним всесильним жуком ніби випарувався. Якщо досі зі мною нічого поганого не сталося, то не станеться і далі.

— Вертайся до своєї роботи, Маріє. І роби її добре. Всіх вірних і відданих своїх слуг я винагороджую. А тих, хто сміє ухилятися і думає про зраду, віддаю йому...

За троном раптом почувся шелест, і в мій бік потягнулася величезна сіро-зелена голова. Ящір! Від несподіванки я відскочила і позадкувала до дверей. На зеленому килимі моху звір весь цей час залишався непомітним, охороняючи свого господаря...

Але для Джо я вже була нецікава. Благополучно добігши до дверей, з полегшенням закрила їх за собою і поспішила далі.

— Начальника сектора опаришів до мене! Швидко! — від голосу Мера, здається, почали рухатися стіни.

Більше мені тут нічого було робити. Я поквапилася швидше залишити негостинний палац і повернутися до роботи. Тим часом, незважаючи на пережиті хвилювання, залишилася задоволена собою — адже зробила все, що могла, заради Ірен і відновлення справедливості. І неважливо, що думають про це інші! Головне, вчинила правильно...

Тоді мені здавалося, що так я ступила на свій власний шлях.

Тоді я ще не знала, що це дорога, якої немає...

Частина 13

Дорога, якої немає

Ірен прийшла наступного ранку. Моїй радості не було меж! Але тривала вона недовго: втомлена, хвора і похмура, жучиха тепер кульгала на всі шість лапок і ледве пересувалася. Завжди енергійна і стрімка, зараз вона нагадувала хіба що свою тінь. Незвично мовчазна, майже ні з ким не спілкувалася і ходила, низько опустивши голову. На наші запитання відповіла тільки, що їй дозволили повернутися до роботи як молодшій няні. Більше нічого витягнути з неї не вдалося...

Якщо чесно, я була розчарована. І хоча Ірен навіть не подякувала мені за свій порятунок з в'язниці, не це було важливим. Справедливість начебто частково відновили, але в усій історії залишалася якась недомовленість, чого я не могла зрозуміти...

Часткова розгадка прийшла звідти, звідки я зовсім не очікувала.

— Маріє! Що ти наробила?! — мама кинулася до мене відразу, щойно ми з Монікою прилетіли додому.

— Я? Нічого. Про що ти?

— Вона ще й питає! Це правда, що ти літала до Мера Джо з доносом на Начальника сектора?

Я ледь не поперхнулася від такої новини.

— З доносом? Не було ніякого доносу!

Розхвилювавшись, я розповіла мамі всю історію. І про те, що Ірен тепер знову на свободі.

Але, не проявивши ніякої радості за мою сміливість, мама тільки гірко похитала головою:

— Яка ж ти у мене дурна! Ірен потрапила до в'язниці через те, що хтось із працівниць вашого сектора прийшов з доносом до Начальника. Нібито на старшій няньці лежить вина за загибель частини яєць під час повені. Джо дуже дорожить цим сектором, адже він готується до війни за нові ресурси! Він хоче напасти на сусідній смітник, щоб і там стати єдиним господарем. А для цього йому потрібна сильна армія; тому він і змушує всіх мух віддавати свої яйця в загальний інкубатор. З них він виростить своє військо.

Я була вражена цією новиною. Джо готує військо, і всі мухи повинні віддавати йому своїх дітей, щоб з них виросли солдати! Їх забирають із сімей... А ми, працівниці сектора опаришів, навіть не знали про це! Або... це одна я така наївна, що вважала міські ясла загальним благом? Та ще більше мене вразило інше.

— Але навіщо комусь доносити на старшу няньку? — запитала я. — Адже її провини ні в чому не було! Навпаки, вона намагалася все виправити...

— Як це навіщо? — тепер уже здивувалася мама. — Щоб посісти її місце, звичайно. Однак вона це зробила тихо, як усі... У той час як про твій похід до Мера знає вже все місто! Бо після твого візиту він викликав до себе Начальника сектора опаришів — і більше того ніхто не бачив! А сьогодні Мер оголосив, що зрадник заслужено покараний і у сектора опаришів тепер новий Начальник.

— Я не знала...

— Зате про твій вчинок відомо всім! І тепер не тільки тебе, але, можливо, і всіх нас будуть обходити і зневажати інші мухи... — з гіркотою додала мама.

— Я зовсім цього хотіла...

Розгублена, пригнічена, більше я не в змозі була вимовити ні слова. Те, що вважала правильним і чесним, раптом перевернулося з ніг на голову. Жук-Начальник постраждав через мене. А вся наша робота — не що інше, як підготовка до війни з іншими смітниками... Але найгірше — місце Ірен посіла... моя сестра!

Я глянула на Моніку. Вона чула всю нашу розмову з мамою і, здається, підтакувала, а тепер дивилася на мене, ображено набундючившись, немов я зробила їй щось погане.

— Моніко! Скажи правду: це ти?

Вона тільки фиркнула у відповідь і повернулась до вікна. А я поспішила геть з дому, тепер уже не бажаючи слухати її...

Спустившись на Кісточку, я із завмиранням серця почала чекати, чи справді від мене почнуть шарахатися інші мухи. Однак нічого такого не сталося. Хлопці та дівчата спілкувалися, як зазвичай, і на мене особливо ніхто не звернув уваги. Але ось з нашого будинку вниз спустилася ще одна мушка, і в її бік повернулися всі без винятку! Адже не помітити таку було просто неможливо — на її крильцях відбивали світло найтонші блискітки, якими мушка просто всипала себе! А лапки прикрашав кольоровий пилок. І весь цей сяючий розкішний наряд прикрашав... Івон!

— Івон, це ти? — я була настільки вражена побаченим, що забула про всі свої минулі образи. Мені просто захотілося привітатися з нею.

— Я, — поблажливо кивнула моя сусідка.

Вона продовжувала стояти неподалік від Кісточки, щоб всі, хто там зібрався, могли краще роздивитися її.

— Я тебе так давно не бачила!

— Звичайно, адже я тут більше не живу. А сьогодні — так, забігла на хвилинку провідати рідню.

— Івон, яка ти красива! — абсолютно щиро сказала я.

Колишня однокласниця сприйняла похвалу як належне.

— Я тепер живу в центрі, ну, знаєш, де будинки найбагатших жуків. І виступаю в Солодкому кварталі на вечірках — співаю і танцюю.

— Співаєш? Але ж у тебе зовсім немає голосу! І співати ти раніше не вміла...

Івон тільки фиркнула, змахнувши оздобленими крильцями.

— А вміти співати — зовсім необов'язково, щоб виступати на сцені! Головне — це зовнішність! Проте ти у нас нині знаменитість! — Івон не втрималася від гострих слів. — Гм, я навіть не очікувала від тебе такої прудкості — відправити Начальника сектора на поталу Ящеру! Однак невже ти думала, що Начальником призначать тебе?

— Та нічого я не думала! Я просто хотіла відновити справедливість! — крикнула я.

Але розповідати всю історію колишній однокласниці не захотіла: навряд чи вона зрозуміє або повірить...

— Ну-ну... — захихотіла вона. — Добре, прощавай! Бо поки я тут з вами витрачаю час, на мене вже зачекалися в Солодкому кварталі!

Змахнувши крильцями, мушка злетіла в повітря. Так само красуючись, зробила коло над Кісточкою і тільки потім полетіла далі.

Вся молодь внизу дивилася на неї з заздрістю. І одразу, ледь Івон встигла зникнути, почалося бурхливе обговорення цієї зустрічі та її вбрання.

Мені чомусь стало сумно.

— Моніко, ходімо звідси, — знайшла я сестру. — Тепер ще годину всі тільки і обговорюватимуть Івон...

— А хіба тобі нецікаво? Кажуть, вона стала подружкою радника самого Мера Джо!

— Зовсім не цікаво! — відповіла я.

— Та ти просто їй заздриш! — буркнула Моніка і полетіла до інших дівчат.

А я попленталася додому. Лише пізно ввечері, коли вже все сімейство заснуло, я вилізла на підвіконня. Відчувала себе так пригнічено, немов зробила щось погане. Але ж я, навпаки, хотіла як краще! Та, здається, йшла дорогою, якої немає.

— Невже все так і має бути? — прошепотіла я сама собі, відчайдушно намагаючись знайти поглядом сяйво Небесних Світляків на небі, бо, спостерігаючи за ними, я зазвичай завжди заспокоювалася. — Або бути, як усі, робити, що тобі скажуть, і не висовуватися. Харчуватися гноєм і відкладати яйця, з яких потім виросте нова армія для Рогача Джо... Або, як Івон, розважати тих, у кого в лапах влада, і в обмін на свою залежність ходити в діамантових блискітках... Невже іншого виходу немає?! Немає іншого життя? А якщо є — то де його шукати?

Тим часом, скільки б я не дивилася на небо, немов шукаючи там відповіді на свої запитання, жоден з Небесних Світляків так і не з'явився мені на очі.

З вулиць Сміттєвого міста їх просто не можна було побачити...

Частина 14

Найдовший день

Рано вранці, як завжди, ми вирушили на роботу. Однак дивна річ: раніше я поспішала туди нехай і без особливої радості, але хоча б із усвідомленням, що турбота про потомство мух — благородна справа, потрібна всьому місту. Відтепер я знала: ми працюємо лише для того, щоб Рогач Джо, переслідуючи власну вигоду, в боротьбі за владу втягнув усіх місцевих комах у війну... І сама робота, до якої я завжди ставилася старанно, тепер викликала лише огиду...

А ще гірше було спостерігати за тим, як спокійно командує усіма нянями моя сестра, яка зовсім не заслужила це місце, а просто вкрала його. І як Ірен, яка раптом швидко постаріла, виконує її вказівки, низько схиливши голову, — вона змирилася зі своїм теперішнім становищем...

Я спробувала поговорити про армію Джо зі своєю подружкою Джулі, вона так само, як і я, працювала молодшою нянею. Але вона тільки знизала плечима: їй це було абсолютно не цікаво. А Віола взагалі відповіла мені так, що пропало бажання ставити подібні запитання:

— Маріє, досить сіяти чвари! Нашим начальникам видніше, чи потрібна їм армія і для чого. А ми лише повинні виконувати свою роботу.

— Але все, що ми робимо, — це заради війни... — спробувала я звернутися до її розуму.

Однак, схоже, в голову Віоли були міцно вколочено правила Сміттєвого міста: живи, як усі, і вір в те, що тобі кажуть!

— Ми доглядаємо за яйцями, а не готуємося до війни, — вперто повторила вона. — І раджу тобі не ухилятися від роботи.

Цей день, напевно, виявився найдовшим за весь час, що довелось мені пропрацювати в секторі опаришів. Та нещирість, з якою зараз співробітниці спілкувалися між собою, була мені огидна. Дівчата тепер шукали прихильності нової начальниці, тому лестили їй. Деякі навіть спробували ближче подружитися зі мною, бо я — сестра нашої старшої... Але мені було гидко через ці грубі лестощі і нещиру дружбу. А ще було дуже гірко за мовчазну покірність Ірен...

Не знаю, як інші, я ж ледь дочекалася сигналу про закінчення робочого дня. Випереджаючи один одного, наші мухи побігли до своєї заслуженої винагороди. Неохоче я попленталася за ними.

Коли наздогнала їх, всі вже їли гній. Крім нянь з сектора опаришів, зараз тут годувалися й інші працівники — сортувальники сміття, вантажники — майже всі хлопці з нашого кварталу. Вони зосереджено поглинали їжу з купи гною.

Я зробила крок — і зупинилася. Ні! Не хочу так!

— Маріє, ти чого? Йди до нас! — відірвавшись від їжі, крикнув Тревор.

Ми вчилися з цим хлопцем в одному класі, а тепер він працював на сортувальному конвеєрі.

— Не хочу! — крізь сльози, що раптом підкотили до горла, вимовила я.

— Не хочеш їсти? — Тревор був здивований.

— Не хочу так жити! — викрикнула я, випускаючи раптом на волю всі емоції, що досі старанно утримувала в собі. — Я не хочу ходити на роботу, яка мені огидна, заради того, щоб вижити! Заради того, щоб поглинати цей гній і пити помиї, що мені видають за мою роботу! Я не хочу слухати начальників, не хочу боятися донощиків, не хочу мовчати, як усі! Чому хтось повинен мені вказувати, до чого мені слід прагнути, чого хотіти? І чому мені має подобатися те, що подобається всім, якщо я — інша? В такому житті немає ніякого сенсу! Чому я повинна весь свій вік провести в Сміттєвому місті, адже я відчуваю, що здатна на більше?

Здається, я злегка охрипла, поки висловлювала — ні, викрикувала це все. Як мені хотілося побачити зараз розуміння хоч в чиїхось очах, почути слова підтримки!

Але в мій бік навіть ніхто не обернувся. Мухи продовжували мовчки набивати собі шлунки гноєм. А все, що я говорила, пролетіло повз них. Нікому це не було потрібно... І навіть Тревор, який спочатку проявив до мене увагу, зараз спокійно собі вечеряв...

Пригнічена, розбита, зневірена, я продовжувала дивитися на моїх друзів. Схоже, вони по-своєму щасливі. У будь-якому разі, не відчувають тих страждань, які катують моє серце. Може, вони мають рацію?

І в довершення до всього мої роздуми перервав якийсь звук — глухе бурчання, що виходило... З мого живота! Голод, клятий голод...

Скільки б не мріяла я про інше, краще життя, поки іншого вибору у мене не було. Якщо не буду їсти гній, який вже ненавиджу, просто помру з голоду — адже іншої їжі у мене немає. А щоб отримувати навіть таку годівлю, доведеться працювати на Джо і підкорятися всім його правилам...

Огидна «музика» в животі ставала голоснішою. Шлунку було наплювати на всі страждання душі — йому була потрібна їжа... І, зневажаючи себе за свою слабкість, я пішла до загальної годівниці...

Приступаючи до їжі, чекала глузувань у свій бік: «Хіба це не ти зараз говорила, що ненавидиш все це?» Але ніхто не сміявся наді мною, як і не схвалював мій вчинок. Мухи лише трохи розступилися, пропускаючи мене до краєчка купи гною. Просто їм було все одно...

Частина 15

Ранкові грабіжники

— Я не йду сьогодні на роботу, — сказала я мамі, коли на наступний ранок всі почали збиратися.

— Як це ти не йдеш?! підскочила Моніка, ніби ужалена. Сьогодні нам привезуть подвійну кладку яєць, а хто ж буде їх розвантажувати?

— Ти погано почуваєшся? — занепокоїлася мама і лапкою помацала мій лоб.

— Так, мені дуже погано...

Говорячи це, я зовсім не брехала. Мені насправді було погано — такого розбитого стану, як зараз, здається, ще ніколи не відчувала. Але причиною тому була не хвороба, а туга — така тягуча і гірка, немов я отруїлася вчорашньої їжею, яку їла, майже ненавидячи себе...

— Якщо ти не працюватимеш, то й не їстимеш! — продовжувала обурюватися сестриця, вже цілком увійшовши в роль начальниці. — Чи ти думаєш, ми зобов'язані тебе годувати?

— Заспокойся, Моніко! Ти ж бачиш, Марії погано! — заступилася за мене мама. — Відпочинь поки, дочко, а назавтра все мине, — заспокоїла вона мене. — Ти, напевно, застудилася...

Я лише неуважно кивала. Мені не хотілося нічого відповідати.

Нарешті всі полетіли, і я залишилася вдома одна — вперше... Дивлячись з вікна, бачила, як повзли і летіли інші мухи і жуки — вони спізнювалися на роботу, тому і поспішали. Так дивно було відчувати себе не в цьому потоці. Немов я рибка, яка сама вистрибнула на берег, а тепер не знає, як їй бути, адже вона не вміє бігати по суші...

Скоро наш квартал спорожнів — вдома не залишалися навіть найстаріші. І вони теж змушені були працювати, щоб отримувати хоч якісь крихти.

— Гей, Біллі, ти спиш ще, чи що? Куди це тебе несе? — пролунав раптом внизу гучний голос, і я підстрибнула від несподіванки.

Хто б це міг бути тут в такий час? Обережно ступаючи, я підібралася до вікна і визирнула. У проході між нашим і сусіднім будинками стояли два жуки-вонючки. Що вони тут роблять? Невже прийшли за мною?

Злякавшись, я почала ховатися і забилася в найтемніший куток квартири, міркуючи, чи зможу втекти від них, якщо мене все-таки знайдуть.

Голоси наближалися: жуки вже були в нашому домі. Вони голосно перемовлялися — їм нікого було побоюватися. Але, трохи послухавши, я зрозуміла, що шукають вони не мене.

— Ти нагорі подивися! Мені сказали, в цьому будинку нагорі є чотири кладки яєць, — скрипів гучніший голос.

Інший, тонкий і писклявий, відповідав тепер звідкись зверху:

— Так, ти маєш рацію! Піднімайся до мене, я стільки не потягну!

«Яйця! Вони крадуть яйця з квартир, де батьки чекають потомства. І відвозять їх у сектор опаришів...»

— Так ось звідки беруться яйця, які доставляють нам щоранку! — прошепотіла я, висунувшись зі свого кута. — Вони вранці рушають на промисел, знаючи, що в будинках в цей час нікого немає.

Мої здогадки були вірними: через якийсь час внизу з'явилися ті ж два жуки. Обидва тягли по величезному оберемку яєць мух, які поклали на заздалегідь приготовлене зелене листя.

— Ей ти! Досить байдикувати! Тягни це — сам знаєш куди! — гаркнув один з вонючок, і до них одразу підбіг великий гнойовий жук.

Я не помітила його відразу: він чекав внизу, поки ці двоє винесуть йому свою здобич.

Закинувши собі на спину листя з поклажею, жук-силач важко затупотів геть. А пара негідників попрямувала до іншого дому.

— Біллі, ми тут, здається, дивилися, — пробурчав тонкий голос.

— Твоїми «здається» план не виконаєш! — гримнув бас. — Ти що, забув, що тепер у нас подвійна норма? Інакше бос Ящеру нас згодує... І тебе першого, Тіме, якщо ти не будеш старатися!

— Уже біжу, Біллі, вже біжу...

Голоси почали стихати, і я тільки зараз зітхнула з полегшенням. Тим часом на серці легше не стало: ще одна брудна таємниця Рогача Джо і його помічників сплила назовні. Але з ким я могла б поділитися нею? Та й навіщо, якщо все одно ніхто не зможе нічого змінити? Мера всі бояться більше, ніж пожежі або повені. Голод і страх тримає все місто міцніше сіток будь-якого павука...

Хіба що єдиному другу можна розповісти. Нехай він і вважає, що одна комашка змінити нічого не може, але хоча б вислухає мене...

Вибравшись з вікна своєї квартири, я відразу ж полетіла до Фелікса, сподіваючись, що він і зараз десь на своїй улюбленій гілці відпочиває після нічних пригод.

Однак, вирушаючи тоді до свого друга, я ще не знала, що знайду більше, ніж просто дружню підтримку, — я знайду новий сенс!

Частина 16

Відмінний день для пригод

Фелікс, побачивши мене, навіть протер очі.

— Маріє, це точно ти? Я тебе ледь впізнаю...

— Я вже сама... ледь впізнаю себе, — зітхнула я, сідаючи поруч з комариком на гілці величезного дерева, яке ми встигли назвати «нашим».

Кожен раз, прилітаючи сюди, я немов залишала там, далеко внизу, всі свої тривоги і насолоджувалася спокоєм, який, здавалося, хвилями розходиться в різні боки від Фелікса.

— Як у тебе справи?

— У мене — відмінно, як завжди, — безтурботно змахнув крильцями Фелікс. — А ось з тобою щось точно не гаразд... Розповідай, що у тебе там сталося...

Я відчула до Фелікса вдячність: ніхто не вмів так уважно слухати, як він. А іноді — й підкинути якусь пораду. Хоча його уявлення про життя дуже відрізнялися від моїх: син багатих батьків, життя він вів безбідне і безтурботне. Але через дивацтва друзів у нього майже не було. Або ж я про них не знала...

Нічого не приховуючи, я розповіла Феліксу про свої проблеми і переживання. Він слухав, не перебиваючи, і лише іноді присвистував від подиву.

— Ось і виходить, що довіряти тепер я можу, напевно, тільки тобі, — зітхнула я, закінчуючи свою розповідь. — Раніше мені здавалося, що більшість мух — добрі й веселі. А насправді всі заздрять один одному, пліткують, тільки й чекають, щоб інший оступився і скористатися його помилкою... Мені це огидно. Є, звичайно, ще мама, їй я теж можу довіряти, але вона любить нас усіх — сестер і братів — однаково. І не вважає вчинок Моніки чимось жахливим: всі так роблять...

— Так, непросто тобі, — як і я, зітхнув Фелікс. — А може, не завадило б трохи розслабитися?

— У Солодкий квартал пускають тільки прихвоснів Джо. Та інших, хто зумів перед ним вислужитися. Та й не хочу я туди...

— А навіщо нам Джо? Ми й самі можемо знайти для себе розвагу! Хочеш теж спробувати попити коров'ячої крові? — несподівано запропонував комар.

Я лише здивовано закліпала очима.

— Крові? Але мухи не п'ють кров, — заперечила невпевнено.

— Мабуть, лише тому, що досі ще не пробували цього робити, — припустив Фелікс. — Ось тобі ж не хочеться робити те, що роблять інші... Може, спробуєш?

Я уявила, як непорушно лежу на гілці та зачаровано дивлюся в небо з блаженною посмішкою на мордочці. Точнісінько як Фелікс. А ще те, як мені хочеться замукати...

Це було настільки безглуздо, що я засміялася.

— Оце вже ні, ці твої викрутаси — точно не для мене. Бо ще раптом ми обидва захочемо стати коровами і організувати власне стадо... прямо в гілках дерева!

Тепер уже від такої думки стало смішно і самому Феліксу.

— Однак пропозиція залишається в силі! Передумаєш — прилітай.

— Домовилися...

Гарний настрій, який лише почав з'являтися, раптом знову згас. Від думки, що скоро знову треба летіти додому, а вранці виходити на роботу...

— Послухай! — Фелікс, схоже, щосили намагався мене розвеселити. — А пам'ятаєш, я обіцяв познайомити тебе із Сюзанною? Ну, вона теж така, трохи... дивна. Тобі навіть сподобалася ця ідея...

— Точно! Як я могла забути? Адже зовсім недавно про це думала...

— Тоді летимо! Сьогодні чудовий день! — вигукнув Фелікс і першим злетів у повітря.

— Летимо, — вирішила я, на льоту приєднуючись до нього.

Можливо, знайомство зі ще однією незвичайною дівчиною допоможе мені відчути себе впевненіше? У будь-якому разі це було краще, ніж повертатися додому і слухати нескінченні плітки моїх приятелів на Кісточці...

А день і справді видався хороший: яскраве світло стрибало сонячними зайчиками, відбиваючись від блискучого зеленого листя. Вітерець грав тонкими гілочками дерев, повз яких ми мчали, набираючи швидкість. Інші комахи майже не траплялися нам на шляху — вони були надто зайняті. І як добре, виявляється, проводити час, просто роблячи те, що ти хочеш...

Нас чекала дорога на самісіньку околицю Сміттєвого міста, де жила знайома Фелікса — Сюзанна.

Частина 17

Здобич Фелікса

Шлях був неблизьким — я навіть і уявити собі не могла, наскільки величезне Сміттєве місто! Тепер почала вірити словам бувалих мух, які говорили, що наше місто — найбільше. Кругом, куди не кинь оком, стелилися нескінченні пагорби сміттєвих куп. Наше дерево здавалося тепер всього лише тонкою лозинкою десь на горизонті. Я ще ніколи не залітала так далеко — і навіть трохи хвилювалася через це.

Околиця міста, до якої ми поступово наближалися, була безлюдною. Напевно, всі комахи давно перебралися ближче до центра, адже туди звозили свіжі відходи. А тут панувала сміттєва пустеля. По-своєму це було навіть трохи красиво — сіро-білі гребені сміттєвих куп, вибілені сонцем, хаотичні обриси найрізноманітніших і несподіваних предметів, котрі потрапили в це місце, — про призначення більшості з них складно навіть здогадатися.

— Ти впевнений, що нам сюди? — запитала я свого друга-комарика, коли ми робили вже друге коло над розсипом гір з якогось будівельного сміття.

— Здається, так, — пробурмотів Фелікс. Схоже, він трохи вибився з сил.

— Слухай, відпочиньмо трошки. Заодно я ще раз огляну місцевість.

Ми приземлилися на іржаву основу якоїсь залізяки, покритої шаром багаторічного бруду. Сумно, напевно, закінчити життя ось так, на звалищі... Але поки я розглядала живописні розсипи злежалого сміття, Фелікс встиг помітити щось цікаве.

— Подивися туди! От пощастило! — вигукнув мій друг, радісно потираючи лапки.

Я з подивом дивилася в той бік, куди він показував.

Але чому він вважав щастям кошлату чорну кулю, застиглу біля купи цегляних уламків — залишалося загадкою. Однак куля раптом похитнулася і підняла лапу, намагаючись почухати собі спину.

— Що це?!

— Те що потрібно! Собака! — радості Фелікса не було меж. — Обід сам до мене прийшов!

Я з сумнівом зрівняла розміри Фелікса і цієї кудлатої купи: на тлі пса комарик здавався крихітним.

— Я зараз! Чекай на мене тут! — пискнув він і кинувся до кошлатого монстра.

Залишатися однією в незнайомій місцевості — це ще пів біди, а от хвилюватися, чи не станеться щось з моїм другом...

Зірвавшись з місця, я полетіла слідом за Феліксом, а той уже кружляв навколо своєї «здобичі». Досі мені не доводилося бачити, як комарі п'ють кров, — я тільки чула розповіді самого Фелікса. І уявляла собі щось на зразок битви, коли стада величезних корів відбиваються від такого ж величезного полчища комарів. Але тепер картина щупленького Фелікса, який безстрашно спікірував на спину величезному псові, навела на мене жах.

Кілька хвилин нічого не відбувалося: сховавшись в густій шерсті, Фелікс став невидимим. Я робила, напевно, двадцяте коло над головою собаки, яка продовжувала спокійно ритися в сміттєвому звалищі, винюхуючи щось своїм довгим носом, а потім раптом зірвалася з місця і з жахливою швидкістю полетіла кудись углиб звалища.

— Стій! Феліксе! Феліксе, де ти?!

Я продовжувала переслідувати чорного монстра, хоча і не уявляла, чим змогла б допомогти своєму другові, якби з ним що-небудь трапилося. Але нарешті від кудлатої туші відокремилася тоненька, ледь помітна фігурка — і застигла в повітрі.

— Феліксе, я тут!

Зрадівши від того, що з моїм другом все гаразд, я полетіла йому назустріч. Але щодо «гаразд» — це я поспішила... Все прояснилося, коли підлетіла до Фелікса: несподівано комарик зірвався з місця і став літати колами, а потім — по спіралі, яку бачив лише він. Толку від цього дивного танцю не було ніякого, хіба що мій друг хотів ще більше налякати мене...

— Феліксе? Навіщо ти це робиш? — крикнула я, підлетівши ближче.

— Не можу зупинитися! Енергія! Вона б'є з мене ключем на всі боки, мені хочеться бігати, стрибати, літати — і все одночасно! — кричав комарик. Очі його горіли несамовитим вогнем; Фелікс продовжував танцювати той самий незрозумілий танець.

— Це все через собаку, так? — нарешті зрозуміла я. — Ти напився її крові, і тепер тебе несе на подвиги, як і ту кошлату істоту, яка тут живе, так?

— Вона тут не живе! — відповів Фелікс, не зупиняючись. — Вона жила у людей — це такі великі незрозумілі створіння, вони ненавидять комах, але собак начебто люблять. Ця теж жила у них, у великому будинку, поки була щеням. А коли виросла, діти — це такі маленькі люди, — втратили до неї інтерес. І просто вигнали її на вулицю! Вірніше, викинули з автомобіля біля звалища. І вона тепер шукає дорогу додому...

— Навіщо? Якщо її викинули...

— А вона у це не вірить! Не вірить, що з нею могли так вчинити! І хоче знайти своїх господарів, щоб запитати у них: за що вони обійшлися з нею ось так?..

— І звідки ти це все знаєш? Невже собака розважала тебе розповідями, поки ти пив її кров? — здивувалася я.

— Ні... Просто мені передається Частина думок... і настрій тих, чию кров я пив...

Комарик нарешті припинив миготіти у мене над головою і втомлено гепнувся вниз.

— А тепер мені сумно... І хочеться плакати... Чому світ такий несправедливий? У ньому так багато їжі, але деякі страждають через її нестачі... Чому любов минає, і ті, хто був упевнений, що його люблять, змушені вити ночами від самотності? Я теж хочу вити! А-а-а-у-у-у-у...

— Феліксе, припини! Ти ж не собака!

— Точно...

Комарик, здається, потроху почав приходити до тями.

— Нам ще довго летіти? Чи ти не пам'ятаєш дорогу? — спробувала я якось повернути Фелікса до дійсності.

Він похитав головою, різко зірвався з місця і почав ходити туди-сюди.

— Це має бути десь тут! Абсолютно точно! Я пам'ятаю...

Я лише зітхнула. Чи варто покладатися на пам'ять Фелікса, який зараз був ще під дією випитої крові...

— Ви заблукали? — раптом хтось сказав бадьорим голосом, і ми дружно обернулися в його бік.

Неподалік від нас стояла дивна істота — з довгастими сіро-зеленими лапками, щільними крильцями і довгими вусиками.

— Вітаю вас, друзі! — Незнайомець в два стрибки опинився поряд з нами. Він не мав небезпечного вигляду, і добросерда посмішка сяяла на його мордочці, немов побачив старих знайомих. — Я коник Флік!

— Добридень! Я Марія. А це мій друг Фелікс.

Замість слів комарик несподівано злетів і знову почав виконувати в повітрі хитромудрі па — напевно, це було церемоніальне вітання комарів. Я тільки зітхнула — допомогти тут було нічим.

— Ух ти! — щиро здивувався коник, спостерігаючи за комариними викрутасами. — Ви, напевно, артист!

— Я найвеличніший артист! І найенергійніший! — Не вгамовувався Фелікс, літаючи над нами в повітрі.

Але мене його танці вже не вражали: або ми знайдемо Сюзанну, або полетимо додому!

— Ми шукаємо гусеницю Сюзанну, — звернулася я до нового знайомого. — Може, ви підкажете, де її можна знайти?

— Мереживну Сюзанну? Звичайно підкажу! Це тут, зовсім недалеко, ходімо!

Доброзичливий коник поскакав вперед, розправляючи іноді свої крильця, а ми поспішили за ним. І... повернулися майже до того місця, де Фелікс почав своє полювання на бідолаху-пса.

— Ось тут, бачите, вхід в нірку?

Під рідким кущиком, сірим від пилу, дійсно щось виднілося.

— А вона... вдома?

— Вона завжди вдома!

— Дуже вдячні вам за допомогу, — звернулася я до коника. — Ми самі, напевно, ніколи б її не знайшли — тут все таке однакове...

— Нема за що! Всі комахи — брати і повинні допомагати один одному! — коник помахав нам на прощання лапкою і зник за найближчим пагорбом.

А ми стояли на порозі оселі Сюзанни. Тоді я ще не уявляла, що знайду тут не тільки бальзам на своє поранене серце, а й справжню мрію.

Частина 18

Мрія гусениці

Через пів години ми сиділи в просторій нірці, застеленій листям, і базікали як давні знайомі. Чужа енергія, що весь цей час термосила Фелікса, потроху вщухала, комарик ставав сам собою. Він перестав мотатися туди-сюди і сів на листок поруч з Сюзанною.

Тільки побачивши її, я відразу ж зрозуміла, чому наш провідник-коник назвав Сюзанну мереживною: на широкій яскраво-зеленій спинці гусениці проступав чорний візерунок, красиво закручений складними смужками, на зразок мережива. Я ніколи ще не зустрічала такої товстої гусениці... і в той же час такої симпатичної. Сором'язлива, боязка пампушечка виявилася дуже доброю, а ще — чудовою співбесідницею. За короткий час ми встигли обговорити так багато. Але головне своє запитання я поставити поки не наважувалася.

На допомогу прийшов Фелікс.

— Сюзанно, колись ти казала мені про якесь особливе місце. Можеш розповісти про це і Марії?

— Ну, якщо тобі цікаво, — трохи збентежившись, Сюзанна опустила голову.

— Дуже, дуже цікаво! — вигукнула я. — Мені дуже хотілося б знати, чи є інше життя, крім того, що у нас тут, у Сміттєвому місті.

— Звичайно є! — здивувалася Сюзанна. — Це дурниці, якщо хтось говорить, що всі комахи живуть у Сміттєвому місті та харчуються відходами. Неправда! Є ще ліси, поля і луки, озера, де багато води. Є моря і океани. У всіх цих місцях живе безліч комах, тварин, і вони навіть не здогадуються, що на світі існують жахливі звалища! Вони живуть насичено і щасливо. Вони можуть робити те, що хочуть і що підказує їм природа. Але найпрекрасніше місце на всьому білому світі — це океан. Тільки уявіть собі — величезне, нескінченно мудре і нескінченно прекрасне створіння, яке утворене з води. Багато хто думає, що це просто вода, але все зовсім не так! Океан — він живий. Коли дихає, прозоро-блакитна хвиля спрямовується до берега і шарудить по камінню, а його синьо-зелена поверхня вкривається хвилями. Щовечора океан дбайливо обіймає хвилями сонце і вкладає його спати в своїх водах. Вранці ж вихлюпує його з глибини — золоте, ласкаве, щоб воно подорожувало над ним по небу — до наступного вечора. Океан пахне свободою... Поруч з ним і в його водах живе безліч різних створінь — тварин і комах, а в небі літають птахи — і для всіх вистачає простору і їжі. Але найчудовіше місце, яке тільки можна собі уявити, — це квіткове поле на океанському березі. Щодня там прокидаються від солодкого сну тисячі ромашок і піднімають до сонця свої білі голівки з жовтою серединкою. Кожна з них схожа на маленьке сонечко. Навколо цвіте ще багато всяких квітів, проте найкрасивіша — саме ця галявина. І аромат на ній такий, що відразу хочеться співати і літати, а солодкого пилку настільки багато, що комахи просто граються ним, підкидаючи в повітря золоті порошинки... Знаєте, ніхто там не хворіє і не страждає — лікарські трави виліковують будь-які недуги, навіть позбавляють від поганого настрою. Всі там щасливі, — мрійливо зітхнула Сюзанна, дивлячись кудись перед собою, немов вона вже зараз бачила це чудове поле...

Ми з Феліксом слухали розповідь гусениці затамувавши подих. Невже вона каже правду?

— А де... де це місце? Чи можна туди дістатися? — тихо запитала я.

Сюзанна підняла голову, наче прокинувшись від марева.

— Так, звичайно! Хоча це дуже далеко і дістатися туди важко. Але якщо дуже захотіти — то немає нічого неможливого! Я збираюся вирушити в ті краї і обов'язково знайду ромашкову галявину.

— Але як? — я з сумнівом подивилася на коротенькі лапки гусениці. Хіба на них можна дійти хоч куди-небудь?

— Так, поки я гусениця — це нереально, — зітхнула Сюзанна. — Але скоро у мене виростуть крила, і тоді я зможу літати і пурхати в повітрі — як ви з Феліксом!

Я уявила, як пурхає настільки важке, незграбне тільце... Це які ж крила знадобляться, щоб утримати її! Але Сюзанна з таким запалом говорила про все, так палахкотіли радісним передчуттям її очі, що я просто не могла не повірити! Може, у неї теж виростуть крила — адже чого тільки не буває в природі! Правда, літаючих гусениць я досі не бачила, але це ж не означає, що їх немає...

— А звідки ти дізналася про те місце? — раптом озвучив Фелікс запитання, яке крутилося на язику і у мене теж.

Тепер ми удвох з цікавістю дивилися на Сюзанну. Такою прекрасною була її розповідь! Але й справді, звідки вона про це знає, якщо для неї і на вулицю вибратися — проблема?

Сюзанна раптом збентежилася і опустила очі.

— Може, ви мені не повірите... — тихо сказала вона, — але я — сновидиця...

— Це як?! — в один голос вигукнули ми з Феліксом.

— Зазвичай комахи просто сплять і не бачать снів. Ну, закрили очі ввечері й відкрили вранці — вони тільки відпочивають. А є такі, як я, які уві сні бачать різні місця... Це так, ніби насправді бувають там.

— Гм...

Ось він — привід замислитися. Картина, намальована Сюзанною, була настільки прекрасна, така ясна і приваблива ця мрія, що миттю стала і моєю теж — опинитися в тому дивовижному місці, вдихати запах небачених трав, милуватися безмежним океаном, пити нектар на ромашковому полі... І ніколи не бачити ні Рогача Джо, ні його поплічників, ні донощиків!

Ну а якщо все це лише вигадка, порожня картинка, майже як ті, що ввижаються Феліксу, коли він нап'ється коров'ячої крові?

У мене був вибір — довіряти Сюзанні або вважати її розповідь нікчемною балаканиною, яскравою фантазією...

— Я розумію, в це складно повірити, — тихо відгукнулася Сюзанна. — На жаль, поки ніяк не зможу довести, що моє ромашкове поле дійсно існує. Тільки коли у мене виростуть крила — і я вирушу туди...

— Сюзанно, а як ти знайдеш своє поле, якщо кажеш, що воно дуже далеко звідси? Як дізнаєшся, куди летіти? Чи це тобі теж приснилося? — Фелікс, здається, вже зовсім скинув з себе ту чужу енергію і тепер почав проявляти розсудливість.

— Це дуже просто! Моє серце поведе мене. Треба лише вміти його слухати і довіряти йому, — спокійно відповіла Сюзанна.

Ми з Феліксом переглянулися: в словах гусениці було щось таке, що торкнулося нас двох. І в той же час все це трохи дивно...

— Тільки серце здатне знайти правильний шлях, навіть якщо твої очі його не бачать. Це як в казці про Самотнього Жучка.

— Яка це казка?

— Невже ви її не чули? — здивувалася Сюзанна і, не гаючи часу, почала свою розповідь...

Частина 19

Казка Сюзанни

Давним-давно на краю одного сміттєзвалища в темній нірці з'явився на світ маленький жучок. Коли він вилупився з яйця, поруч з ним зовсім нікого не виявилося — не було кому сказати йому, хто його рідні і хто він сам. І вирушив тоді жучок бродити світом, щоб відшукати своїх рідних і більше не бути самотнім. Спочатку він прийшов до гнойових жуків, які працювали біля купи гною.

— Може, я один з вас? — запитав жучок.

Але жуки прогнали його:

— Ти ніколи не станеш гнойовим: у тебе занадто слабкі лапки, ти не зможеш працювати і збирати багатство, як ми!

Тоді жучок, який на той час навчився літати, побачив бджолиний рій і кинувся до бджіл.

— Прийміть мене до себе! — попросив він. — Я теж хочу збирати пилок і робити мед, як ви!

Але бджоли теж його прогнали:

— У тебе занадто слабкі крила, ти не зможеш цілий день літати, — сказали вони жучку. — І правильно дзижчати ти не вмієш! Іди, тобі ніколи не стати бджолою!

Засмутився жучок і почав думати, що він ні на що не здатний, коли всі його женуть... Так він ішов, низько схиливши голову, поки не зустрів мурах, які тягли в мурашник якісь гілочки. У них він вже нічого не став питати, адже думав, що і ці його проженуть.

Але мурахи перші запитали жучка:

— Чому ти такий сумний?

— Бо я не знаю, хто я і де моя родина. Я шукаю їх по світу, але я такий слабкий і нікому непотрібний, що ніхто мене не приймає.

— Якщо хочеш, залишайся з нами! — запропонували йому мурахи. — Ще одна пара лап ніколи не буде зайвою, якщо це працьовита комаха. Нумо разом будувати мурашник, і він для всіх нас стане будинком.

Жучок з радістю погодився. Ціле літо він разом з мурахами будував новий надійний мурашник, якому не страшний ні дощ, ні сильний вітер, ні спекотне сонце. Мурахи взяли його в свою сім'ю, і жучок відчував себе щасливим, бо більше не був самотнім...

Але одного разу мурашиний загін вирушив дуже далеко — до річки — набрати річкових камінців для особливої споруди. Мурашки вже поверталися назад, коли раптом знялася сильна буря. Стало так темно, ніби вночі, а з небес полилися холодні струмені води. Дороги тепер було не розібрати, і мурашки заблукали: вони йшли навмання, зовсім не розуміючи, куди йдуть. Тим часом річка вийшла з берегів, і вода тепер була всюди. Плавати мурашки не вміли, їх чекала вірна смерть, якщо тільки вони не знайдуть шлях до свого мурашника, де тепло і сухо і ніякий дощ не страшний...

— Лети, рятуйся сам! — сказав жучку старший мураха. — Ти ж можеш літати. Відшукай дорогу додому і розкажи рідним, що з нами сталося.

Однак той не захотів кидати своїх друзів, які були приречені.

Він піднявся вгору, намагаючись хоч щось розгледіти, але бачив навколо лише воду і морок. Тоді крізь хвилі відчаю, в яких вже готова була потонути його остання надія, жучок почув голос свого серця. Він почув його, як теплу метушню малюків-мурах всередині мурашника, в голові звучали стурбовані голоси друзів, які чекають їх повернення, він відчув запах рідної оселі... І полетів на цей голос, що вабив його, вказував шлях.

— Йдіть за мною! — кричав він мурашкам крізь шаленство бурі.

Але вони погано чули його і зовсім не бачили, куди він їх веде. А жучку так захотілося врятувати друзів, стати для них вогником в темряві, що він раптом... засяяв! Мурахи побачили крихітний світлий вогник, що вказував їм шлях, і пішли за ним.

І чим далі вів їх світлячок, тим впевненіше він чув голос свого серця, який допомагав знайти дорогу. Дуже скоро вони дісталися до мурашника. Всі раділи від радості — і ті, хто завдяки диву, залишилися живі, і ті, хто дочекався своїх рідних і коханих. А причиною дива став маленький скромний жучок, який і сам досі не знав, хто він такий.

— Заходьте в дім! Закривайте щільно двері, і будь-яка буря нам не страшна! — кричали мурахи.

Жучок-світлячок побіг було разом з усіма, але вже на порозі несподівано зупинився.

— Чому ти не йдеш? — запитали у нього.

— Я такий радий, що ми всі благополучно повернулися додому, — відповів він. — Однак буря вирує ще сильніше, і сотні, тисячі комах залишилися там, в темряві. Вони беззахисні перед стихією, не знають, як їм дістатися до свого будинку, де їх чекають рідні... Я повинен їм допомогти! — раптом вирішив жучок і стрімко вилетів на вулицю, під дощ, який припустив з новою силою.

Жучок піднявся в небо, намагаючись сяяти якомога яскравіше. Але світло такої комахи дуже слабке...

— Що ж мені робити?! — в розпачі запитав він своє серце. — Мені не освітити дорогу для всіх, не вистачає сил...

«Не журись про слабкість. Якщо є мрія, значить, є і сили для її здійснення. Просто роби те, що вмієш, — сяй і ні про що більше не думай!» — відповіло йому серце.

І світлячок послухав його. Він почав підніматися вгору, щоб якомога більше комах могли його побачити. І чим вище злітав, тим яскравіше ставало його світло, і всі комахи, які залишилися внизу, теж почали розрізняти дорогу. Вони не зрозуміли, як з'явилося це сяйво, але, головне, побачили його і благополучно дісталися додому.

А світлячок піднімався все вище і вище. Тепер йому хотілося, щоб комахи завжди могли знайти дорогу до свого дому. А ще — щоб їх надія на краще не гасла. Коли ця мрія освітила його серце, воно розквітло спалахом яскравого полум'я і світлячок долетів до самісінького неба.

— Ну привіт! — сказали йому зірки, яких ще називають Небесними Світляками. — Де ти був так довго, ми вже зачекалися! — розсміялися вони і оповили його ласкавим чарівним світлом.

І світлячок зрозумів, що знайшов свою сім'ю і що саме серце привело його до свого дому. А ще він усвідомив: якби не допомагав іншим, ніколи не почув би голос серця і не дізнався б, скільки досі світла таїлося в ньому...

Він став Небесним Світляком, якого ще називають тепер Вказівним Шляхом — найбільша і яскрава зірка на всьому небі. Якщо дивитися на неї, ніколи не заблукаєш...

Навіть коли Сюзанна закінчила свою казку, ми з Феліксом продовжували сидіти, завмерши. І подумки перед нами розцвітали на небі крила Небесного Світляка, Вказівного Шляху...

— Як гарно... — прошепотіла я, ледь стримуючи сльози, які чомусь ось-ось готові були ринути з моїх очей. — Я теж хочу слухати голос свого серця і летіти до своєї мрії, де б вона не була...

Тоді я ще не знала, що казка, розказана Сюзанною, і стане тим вогником, що поведе мене через бурю. Мрія вже стрімко розпрямляла свої крила, а будь-які негаразди здавалися дрібницею в порівнянні з нею...

І я готова була вже вирішити.

Частина 20

Рішення

— Сюзанно, а ти візьмеш мене з собою на ту чудову галявину? — раптом запитала я, дослухавши казку, і подивилася на Фелікса.

— А мене? — луною відгукнувся комарик.

Тепер ми вдвох дивилися на Сюзанну з надією.

— Звичайно! — Вона так зраділа, що навіть трохи підстрибнула на місці, від чого її повне тільце пішло хвилями, немов шматок желе. — Я буду дуже рада, якщо ви складете мені компанію. Разом веселіше! Але є одна проблема — нам всім доведеться почекати, поки у мене не виростуть крила. Адже в такому вигляді, як зараз, далеко дістатися я не зможу.

— Це правда, — кивнув Фелікс. — Ти хоч на вигляд і дуже симпатична гусениця, однак мандрівник з тебе ніякий.

Почувши комплімент, Сюзанна засоромилася і опустила очі. Вона подобалася мені все більше: відкрита, щира, нехай і трохи боязка. Але їй було доступно те, чого не вміли інші, — слухати своє серце і довіряти собі.

— Але коли це станеться? Коли твої крила виростуть?

Гусениця сумно похитала головою.

— Це те, чого я не знаю напевно. Я чула, що у кожного метаморфоза відбувається в свій час. Однак, на мою думку, чекати вже недовго — я все частіше бачу сни про прекрасну галявину. Думаю, це і є той самий знак, що моє перетворення вже скоро.

— Тоді ми відвідуватимемо тебе, щоб знати, коли ти будеш готова, — пообіцяв Фелікс, і я з ним погодилася.

Сюзанна вийшла проводити нас на поріг свого житла. Вибравшись на поверхню, ми зрозуміли, що вже настала ніч, а небо освітлюється тільки Небесними Світляками. І серед них — найбільший і круглий світляк, напевно, це їх цар, який тепер поважно красується серед свого небесного рою...

— Ух ти! Здається, ми зовсім забалакались! — присвиснув комарик.

— Шкода, що ви йдете, — зітхнула Сюзанна. — Мені буває тут так самотньо...

— І нам дуже шкода, що треба йти, — зітхнула я.

Думки вже малювали картину завтрашнього дня, який буде точною копією дня вчорашнього: дорога на роботу, перешіптування співробітниць за моєю спиною, нещирі усмішки... Жуки-вонючки привезуть украдені яйця, а ми повинні будемо прийняти їх і зробити вигляд, що ні про що не здогадуємося. А потім доглядати за ними, щоб виростити армію покірних мух-солдат, які стануть нападати на інші міста, проганяти і грабувати тамтешніх комах. І все заради того, щоб Рогач Джо і його поплічники мали ще більше влади і територій... А потім, ввечері, прямувати до купи гною і набивати собі шлунок...

Це ще якось можна було витерпіти, коли я думала, що подібне життя — єдине можливе для мухи і більшого не дано... Але тепер, подумки малюючи ніжні пелюстки білих ромашок і уявляючи чудовий аромат квіткового нектару, повертатися до ненависної роботи і гною — для мене було нестерпно...

— Якщо тільки... Ти не дозволиш мені залишитися, — раптом вирвалося у мене само собою.

— З радістю! — Сюзанна сплеснула своїми короткими лапками. — Це було б просто чудово! Хіба що з їжею в нашій частині міста тугувато...

— Нічого, що-небудь придумаю, — швидко запевнила нову подругу я, боячись, щоб вона не відмовила мені.

Але вона, по-моєму, насправді була дуже рада такому перебігу подій. Напевно, гусениці теж страждають від самотності...

— Ти впевнена, що хочеш залишитися? — Фелікс був стурбований. — А як же твоя сім'я і робота?

— Думаю, вони і без мене впораються. Крім того, я вже доросла дівчинка і можу сама вирішувати, що мені краще робити. А робота...

Я раптом відчула, що важкий камінь скотився з моїх плечей. Адже тепер завтра не буде ніяких обридлих зобов'язань, ні старшої няні Моніки, ні огидної їжі... Тільки зараз я зрозуміла, як же насправді все це гнітило мене.

— Вважатимемо: я від сьогодні звільнилася! — крикнула я і розсміялася.

Комарик лише розвів лапками.

— Ну що ж... Я залишитися не можу — інакше батьки почнуть мене шукати і турбуватися. Але буду прилітати до вас.

— Тільки дорогою не пий нічиєї крові, бо знову заблукаєш, — посміхнулася гусениця.

Обійнявши нас обох на прощання, комарик пішов. А ми з Сюзанною ще довго дивилися в зоряне небо, на тлі якого танув тонкий силуетик нашого друга. І, вільно вдихаючи прохолодний вечірній вітер, що навіть пахнув тут якось по-особливому, я думала: тепер для мене почався зовсім інший період. Вільне від правил і обмежень, придуманих іншими, нове життя.

Частина 21

Нове життя

Перший свій день у Сюзанни я почала з того, що проспала майже до обіду. І хоча я зовсім не соня, але так приємно руйнувати одвічний розпорядок, якщо він був тобі нав'язаний! Тепер почну вставати тільки тоді, коли забажаю, і ніхто не зможе мені заборонити це...

Остаточно прокинувшись, я вирушила шукати Сюзанну. Правда, знайти її виявилося зовсім не складно: гусениця сиділа на гілці того самого куща, що ріс просто за її будинком, і з задоволенням жувала цупке зелене листя.

— Привіт, Сюзанно! Смачного! — привіталася я.

— І тобі привіт! Ой, апетит у мене завжди дуже гарний, — посміхнулася вона. Навіть розмовляючи зі мною, Сюзанна продовжувала рухати щелепами. — Я повинна багато їсти, щоб накопичити достатньо сил для своїх майбутніх крил.

— Тоді не заважатиму тобі. Мабуть, мені варто спробувати пошукати чогось на обід і собі.

Змахнувши крильцями, я піднялася в повітря.

— Якщо раптом загубишся, шукай цей кущ — він тут найвищий! — крикнула Сюзанна вже мені вслід, повертаючись до свого сніданку.

Загубитися і справді тут було не проблема, це я зрозуміла відразу, щойно відлетівши від потрібного куща досить далеко. Але, на моє щастя, кущів тут виявилося не так багато, тому підказаний Сюзанною орієнтир був цілком надійним.

Однак дістати в цій місцевості їжу не так-то просто: облітаючи околиці, я зрозуміла, що свіже сміття, яке могло б стати для мене джерелом прожитку, сюди не завозили вже дуже давно. А рослин, за винятком кількох кволих і запилених кущів, майже не було.

— Доведеться вилетіти звідси, — сказала я собі. — Інакше моя свобода закінчиться голодними муками...

Зважившись, я попрямувала до краю звалища — це було вже не дуже далеко. Спершу на моєму шляху виросла височенна огорожа: здавалося, сіра стіна упирається прямісінько в небо. І щоб перелетіти її, я доклала ще чимало зусиль. Але, опинившись на тому боці, навіть трохи розгубилася: за стіною тяглася смужка якогось занедбаного поля, порослого дрібною рослинністю. Не квітковий луг, звичайно, між тим знайти дещо для себе можна.

Трохи наситившись, я вирішила спуститися ближче до струмочка, який біг з-під труби під стіною і тік далі, вниз невеликим схилом. Але щойно я підібралася ближче до води, щоб напитися, мене покликав знайомий голос:

— Не пий! Це отрута!

Здивовано озирнувшись, я помітила коника, який скакав в мій бік швидкими стрибками. Той самий, що вчора показував нам з Феліксом дорогу. Він відчайдушно махав лапками.

— Не можна пити цю воду! Вона тече зі смітника і збирає там всякий бруд!

Я лише знизала плечима.

— Мені довелося вирости на звалищі, і ми завжди пили тільки цю воду з річки. Тому, якщо вона і отруйна, що ж, я до неї звикла...

— Але не можна вливати в себе отруту, навіть якщо ти її вже пила! — коник мав засмучений вигляд, немов саме його зараз змушували пити брудну воду. — Тим більше мені відомі варіанти краще. Роса, наприклад. Ти куштувала її?

Я заперечливо похитала головою.

— Тоді ходімо зі мною, негайно!

І коник швидко поскакав кудись убік. Я зовсім не хотіла його образити, тому і полетіла за ним.

Зелені гілочки перепліталися химерним візерунком, що нагадував смарагдову павутину. Віддалившись від стіни, я побачила, що рослин тут набагато більше. Деякі з них були колючими, інші — вкриті дрібними невиразними квіточками. А між ними тяглися вгору смужки польових трав. Розігріте на сонці повітря наповнювали гіркуваті аромати, досі не знайомі мені...

— Лети сюди! — повернув мене до реальності голос коника, котрий стояв під величезним кущем будяків, чиє втикане шипами широке листя навіть здалеку мало загрозливий вигляд.

Підлетівши ближче, я спустилася на землю.

— Дивись! — Флік раптом підскочив, зачепивши головою листочок будяка — знизу на ньому було менше колючок, тому худенький коник цілком міг між ними вміститися.

Листочок здригнувся, і вниз побігла кругла крапелька — прозора і блискуча. Флік, спритно підбігши до краю листочка, підставив лапки: крапелька перекотилася в них, виблискуючи, ніби небачена коштовність.

— Спробуй!

Я обережно потяглася до крапельки: вона нічим не пахла і здавалася шматочком блискучого на сонці кришталю — щось подібне я бачила тільки в палаці у Джо. Не поспішаючи зробила ковточок — на смак роса виявилася чудовою! Уже не сумніваючись, я із задоволенням допила краплю.

Флік вдоволено посміхався.

— Ну як тобі, краще, ніж вода зі стічної канави?

— Ще питаєш! Дякую, що показав мені її...

— Найкраще пити росу вранці, поки сонце не піднялося високо, — пояснив він. — Але на кущах будяків роса є майже завжди — потрібно тільки добре труснути листя.

— Фліку, а як ти взагалі тут опинився? Невже зміг перестрибнути таку височенну стіну? — здивувалася я.

Коник у відповідь розсміявся:

— Ні, що ти! Але стіну необов'язково долати зверху — під нею теж є достатня кількість пролазок, якщо гарненько пошукати. Вся наша громада користується в основному ними, щоб опинитися тут.

— Громада?

— Так, нас тут багато! — Коник знову замахав лапками. — Ми тут живемо — в чистоті і гармонії, подалі від брудного міста... Ти, як я бачу, теж вирішила залишитися тут?

— На якийсь час. А потім ми з друзями вирушимо в подорож...

— До квіткового поля? — посміхнувся Флік.

— Так... А ти теж про нього знаєш?

— Звичайно, Сюзанна розповідала мені! Це дуже гарний сон...

— Але ромашкове поле — не тільки сон! Воно є насправді...

— Так-так! В іншій, прекрасній реальності, звичайно, є і ромашкове поле, і безмежний океан. І може, коли-небудь ми всі потрапимо в ті краї... — мрійливо протягнув коник, прикривши очі.

Це було дивно — ми казали про одне й те ж, але кожен мав на увазі зовсім різні речі...

— Гаразд, Фліку, рада була з тобою побачитися, але все ж мені пора повертатися до Сюзанни.

— Тоді до побачення! Тільки обов'язково прилітай до нас в гості, це зовсім недалеко від нірки Сюзанни — під Білою Горою!

Подякувавши конику за запрошення, я поквапилася залишити свого нового сусіда. Чомусь мені стало прикро за Сюзанну, чию розповідь Флік вважав звичайною красивою вигадкою. Але це ж не так — все, про що говорить Сюзанна, існує насправді, і ми обов'язково потрапимо туди!

Повернувшись до гусениці, я розповіла їй про свої знахідки і про зустріч з коником. Ось тільки про розмову між нами говорити не стала: Сюзанні шкідливо хвилюватися. Адже їй потрібно якомога швидше відростити крильця!

Тоді я ще не знала, що починається найсерйозніше випробування в моєму житті — очікування.

Частина 22

Очікування

Моє нове життя у Сюзанни виявилося зовсім не таким, до якого я звикла раніше. Тепер я прокидалася рано, як і колись, але зовсім не тому, що так хтось наказав. Просто перша роса — найсмачніша!

Я скуштувала її з різних листків і квітів, але кожного разу раділа простому, однак такому свіжому смаку! Потім вирушала шукати пилок або якісь плоди — все, що могло б стати в нагоді мені в якості обіду. І незабаром дійшла висновку: та їжа, що дають рослини і трави, нехай відразу незвична для мене, набагато краще, ніж сміття і відходи, якими харчуються мухи на звалищі. І що б там не казали про корисні властивості гною, самостійно добута їжа була значно приємніше тієї, що я їла в кварталі Риб'ячих Голів... Але головне — я нікому не була за неї зобов'язана! І ніякі жуки-павуки не мали наді мною влади в обмін на жменьку відходів...

Вранці я відправлялася шукати росу і прожиток. Щоб не маятися від незвичного неробства, почала потроху вивчати околиці звалища і найбільший район міста — Пилову Пустку, яка тепер стала і моїм домом.

Пилу тут дійсно було дуже багато — вітер грав ним, покриваючи сірі, давно зруйновані будівлі, які зараз були нежитловими купами різноманітного сміття, непридатного вже ні на що. Незважаючи на приголомшливі розміри Пилової Пустки, мешканців тут майже не було, за винятком кількох комах-самітників, які з різних причин вважали за краще перебувати подалі від населеної частини звалища.

Перевага такого життя була значною: населення Пустки настільки нечисленне, що для Мера Рогача Джо воно було нецікаве. Тому за своє право жити тут ніхто не платив і не виконував трудову повинність, як жителі інших районів...

Найприємнішим часом був вечір: саме його я завжди чекала з нетерпінням. Бо Сюзанна, зазвичай зайнята поглинанням зелені, в цю пору дня не поспішаючи спускалася в свою нірку, відкривала вікно, щоб світло нічних світил проникало всередину, і починала розповідати якісь історії. Їх Сюзанна знала безліч, вона була чудовою оповідачкою, і не можна було не заслухатись її плавною, розміреною мовою.

Єдине, що гнітило мене, — ніяких змін поки не відбувалося. Сюзанна так само їла, її пухке тільце в мереживних візерунках на спинці, здавалося, ще більше збільшувалося в розмірах, але... Крильця не з'являлися. Був відсутній навіть натяк на те, що коли-небудь це об'ємне тільце зможе літати...

Тим часом я, не бажаючи зневірюватися, свідомо гнала геть тривожні думки. «Все буде добре! — твердила я собі. — Адже цього хочемо ми троє, і хочемо від чистого серця. Значить, все у нас вийде!»

Кілька разів до нас навідувався Фелікс. Вісті, які він приніс, не надто потішили мене. Виявляється, новина про мою довгу відсутність розлетілася по всьому нашому кварталу. Багато хто обурювався: як це молода здорова муха — і раптом відмовилася працювати? Якщо такого й інші захочуть, що ж тоді буде? До чого докотиться світ?

Інші — навпаки, хвилювалися про моє зникнення. Може, мене вкрали конкуренти з іншого звалища і тепер тримають під замком, домагаючись, щоб я видала їм всі таємниці нашого процвітаючого Сміттєвого міста? Але так чи інакше чутки про мою відсутність дійшли до Мера Джо...

Слухаючи розповідь Фелікса, я лише сумно посміхалася у відповідь. І не стала переконувати його, що навряд чи подібні плітки у цьому винні, — напевно, не одна забажала відвідати Начальника сектора опаришів або навіть Мера особисто, щоб поділитися свіжою інформацією про зниклу муху...

Тому я ще раз порадила, що так і не повернулася додому тоді, після знайомства з Сюзанною. І нікому не розповіла про своє місцеперебування. Інакше мене б давно вже знайшли...

— Рогач Джо відправив на твої пошуки своїх кращих головорізів! Гнойових жуків Біллі та Тіма. Виходить, цей дядько не на жарт розлютився! — з деяким захопленням віщав Фелікс.

Йому самому дуже приємно було потрапити в історію, про яку зараз розповідали мало не всі комахи з робочих кварталів. Де це чувано — муха раптом відмовилася працювати на благо рідного міста! Але головне — він, Фелікс, залишався поки поза підозрою, тому що я нікому не розповідала про свого друга. Його не шукають. Однак в пошуках мене жуки-гнойовики старанно поставили на вуха весь квартал.

— Вони чи не всі риб'ячі голови по кісточці перебрали, поки шукали, чи не сховалася ти де-небудь в своєму кварталі! Ось я тільки не можу зрозуміти — чому те, що пропала одна муха, викликало стільки переполоху? — дивувався наївний Фелікс.

Але я тепер не була настільки наївна.

— Справа в тому — як пропала, — невесело посміхнулася я. — Якби мене де-небудь засипало землею в тунелі на роботі або я отруїлася — повір, ніхто вже й не згадував про мене. Ну, хіба що батьки... А так — виходить, я без дозволу залишила роботу і втекла невідомо куди. Кинувши виклик самому Меру! Якби я ще не казала друзям про те, що більше не хочу такого життя, — може, моя відсутність не привернула б стільки уваги. Але тоді, на годуванні, мене могли чути не самі лише друзі...

— У будь-якому разі, Маріє, ти тепер відома у всьому місті! І всім цікаво, чим твоя втеча закінчиться. А ось Рогачу — якраз нецікаво зазнати поразки! Тож додому тобі повертатися не можна, — попередив мене Фелікс.

— Дуже сподіваюся, що, поки ці шукачі доберуться сюди, ми всі вже будемо далеко, — висловила я вголос найгарячіше своє прагнення.

Тоді мені здавалося, що між нами і нашою мрією, так щедро подарованою мені Сюзанною, — всього кілька кроків.

Найголовніший з них — те, що сталося невдовзі, пробудивши в нас і страх, і надію. А саме — перетворення Сюзанни.

Частина 23

Перетворення Сюзанни

— Феліксе! Як добре, що ти прилетів! — я вилетіла назустріч другу, ледь його тонкий силуетик з'явився вдалині, на тлі незмінно сірого пейзажу.

Весь день сьогодні з ранку стояла жахлива спека, і навіть вітер немов захворів — він ледве дихав, майже не перемішуючи застояне повітря. Важкі пари піднімалися від самої землі, роблячи свинцевим небо, яке ніби опускалося все нижче і нижче, несила утриматися на колишніх позиціях. І всім було ясно: добром це не скінчиться — навколо немов витали відголоски грози. Саме в цей день Сюзанна і захворіла.

Від самого ранку, щойно прокинувшись, я почула дивне бурмотіння гусениці. Чи перебувала вона у владі своїх чудових снів або ж незрозуміла недуга скувала її тіло і свідомість, але ні розбудити Сюзанну, ні допроситися від неї хоча б слова мені не вдалося. Вранці, замість того щоб вирушити на свій тривалий сніданок, котрий плавно переходить в обід і завершується майже на заході, вона залишилася лежати на дні нірки, безпорадно згорнувшись клубочком.

— Я відлітала ненадовго, вирішила принести Сюзанні крапельку роси на листочку — думала, може, це зміцнить її сили, — безпорадно торохтіла я, хапаючи свого друга за лапку і майже силою тягнучи за собою в нору. — А коли повернулася, то там... ось це!

Фелікс теж завмер на місці вражений: під самісінькою стелею нерухомо завис величезний кокон. Брудно-сірі нитки, схожі на павутину, тільки тонше, перетинали м'якими волокнами те, що ховалося всередині. А саме — тіло Сюзанни — дивно застигле.

— Здається, вона дихає, хоча хто знає, — похитала головою я, ледь стримуючи сльози. — Я навіть спочатку думала, що це павук пробрався сюди і замотав бідолаху своєю павутиною. Але павука немає... Схоже, ці нитки вийшли з її тіла.

— Так, може, це і є те, про що вона говорила?! — захоплено вигукнув Фелікс. — Сюзанна заснула, а прокинеться вже з крильцями!

Його здатність вірити тільки в краще завжди допомагала мені у важкі моменти. Ось і зараз — трохи відлягло від серця, коли раптом замість переляку відчула радість. Можливо, він має рацію?

— Якби вона сказала мені що-небудь про це! Попередила, щоб я не хвилювалася, — все ще не могла заспокоїтися я, бачити свою подругу в такому безпорадному стані мені було моторошно.

— А може, вона й сама не знала, як це буде? — знизав плечима безтурботний Фелікс. — Коли ми з личинок перетворюємося на дорослих комах, ми ж теж не знаємо, що з нами відбувається і чим це закінчиться.

— То що ж мені тепер робити? — розгублено пробурмотіла я.

— Тобі — нічого! — посміхнувся Фелікс. — Просто довіритися природі — їй вже точно відомо, що вона робить. Ймовірно, Сюзанна, якою ми її знали, — всього лише личинка...

Мені стало смішно від такого припущення.

— Нічого собі — личинка! Так вона в три рази більше за нас з тобою, разом узятих... Але, якщо чесно, я ніколи не бачила раніше на звалищі гусениць, схожих на Сюзанну. З таким мереживом на спині.

— Ну ось! — не вгамовувався Фелікс. — А якщо ти сама не бачила, то звідки можеш знати?

— Ох, Феліксе, мені б хоч трохи твоєї безтурботності!..

— Я тобі вже пропонував — полетімо зі мною на полювання за коровами, — знизав плечима мій друг.

— Ні, тепер звідси я вже точно нікуди не полечу, — похитала я головою. — Якщо те, що відбувається з Сюзанною, — диво, я обов'язково повинна бути поруч, коли це трапиться. Крім того, вона зараз така беззахисна. Будь-хто може образити її...

Фелікс задумливо помацав кокон лапкою.

— Ось цього я якраз би і не сказав: кокон ніби надійний. Та й хто тут захоче образити нашу Сюзанну, коли, крім нас і жменьки комашок, тут нікого немає?

— Все одно я буду її охороняти, доки вона не прокинеться!

— Ну добре, я ж не проти! — Фелікс навіть злякався мого напору. — Я просто хотів попередити, щоб ти була особливо обережна: сьогодні дорогою до вас я помітив на березі Стічної річки двох величезних жуків. Не знаю, що вони там робили, можливо, це і є ті самі, що Рогач Джо послав за тобою?

— Можливо, — подумавши, погодилася я. — Гнойовим жукам нема чого забиратися так далеко на малозаселені частини звалища, якщо їм тут нічого не треба. Ще трохи — і вони досягнуть Пилової Пустки.

— Попередь Фліка, щоб не розповів про тебе при можливій зустрічі з ними, — підкинув комарик мені корисну пораду. — А я полечу поки назад. І якщо знову їх побачу — спробую відвести в інший бік.

— Хай щастить!

— Щасти нам усім! Бо наш час ось-ось настане, — прошепотів Фелікс, дивлячись на дивний кокон, всередині якого ховалася тепер Сюзанна.

Щойно він полетів, я взялася до роботи: треба було наносити хоч трохи сухого моху, щоб вистелити ним дно нори з того боку стіни, де висів кокон. Мабуть, це і не було потрібно — адже він висить в повітрі і вогкість йому не страшна. Але мені так хотілося хоч якось проявити свою турботу про Сюзанну! І навички, отримані в секторі опаришів, повинні були допомогти облаштувати затишне гніздечко до того моменту, коли гусениця знову прокинеться.

Цілий день я ходила взад-вперед, невтомно переносячи все необхідне. Мені хотілося встигнути влаштувати сюрприз Сюзанні і прикрасити наше житло якнайкраще. Навіть якщо ми і не затримаємося в ньому надовго — бо щойно у гусениці з'являться крила, полетимо звідси до своєї мрії! Але нехай в її спогадах наша нірка залишиться затишною і красивою...

І тільки нічна темрява змусила мене нарешті заспокоїтися і прискіпливо оглянути свою роботу: темно-зелений теплий мох, ароматні дрібні квіточки і візерунки сухих травинок... До пробудження моєї подруги тепер усе готово!

— Залишається лише почекати, зовсім трохи, — шепотіла я сама собі, влаштовуючись у власноруч облаштованому гніздечку.

Не знаю, чи змогла б я бути такою спокійною, знаючи наперед, що передбачуване «трохи» розтягнеться нестерпно довго. І що ще тільки починається моя самотність в Пиловій Пустці...

Частина 24

Самотність у Пиловій Пустці

Очікувана гроза так і не настала. Замість неї пішов дощ — холодний і дрібний. Він накрапав невтомно, і сірі водяні нитки наполегливо тяглися до землі, немов хотіли навіки зшити її з небом — непривітним, низьким, затягнутим брудними хмарами. Ніби всі фарби в світі раптом закінчилися і він став безбарвним — білясто-сірим, відтінку гнилих калюж і хворобливого туману.

У такі дні не залишиш своє житло надовго — холодна вода зв'яже крильця краще будь-якої павутини. Залишається лише сидіти в очікуванні, самій втрачаючи фарби радості та перетворюючись на сіру хмару смутку.

Такою ж безбарвною плямою висів посеред нірки нерухомий кокон. І я намагалася не втрачати надії, що захований в ньому не крах усіх сподівань, а живий паросток відчайдушної мрії...

У своєму добровільному полоні-притулку я могла тепер тільки мріяти про майбутнє або згадувати минуле. Але чомусь кожен минулий сірий день все більше приглушав яскравість моїх мрій. І якщо раніше я успішно відганяла від себе сумні думки, то зараз, під монотонне шльопання по розкислій землі похмурого дощу, віра в прекрасне слабшала, залишаючись далеким світлим міражем. Разом з цим все частіше приходили спогади з дитинства — як ми всі разом грали, як вперше прийшли на уроки. З якою гордістю показували свої вміння на випускних іспитах. І як виходили «подзизчати на Кісточці» — веселі, безтурботні, юні... І мамина ласка, і тихе добре слово... Мої брати і сестри... Я раптом зрозуміла, як мені насправді їх не вистачає. Скільки я себе пам'ятаю, поруч постійно були брати і сестри, батьки, друзі... Мухи завжди жили великими сім'ями, і самотність, цей невидимий павук, тепер все більше огортав моє серце холодним павутинням.

Мені хотілося зараз поговорити хоч з кимось... Звичайно ж, краще б цим «кимось» виявився Фелікс. Нині, коли у мене було багато часу на роздуми і спогади, дбайливо розкладаючи по поличках пам'яті наші з ним зустрічі — з того самого несподіваного знайомства на дереві, я як ніколи розуміла, що досі Фелікс залишався мені найближчим створінням. Звичайно ж, була ще й моя родина, батьки, яких я теж дуже любила і сумувала за ним, але це — зовсім інше. Родинні зв'язки зовсім не дорівнюють духовній близькості, яку я відчувала тільки зі своїм другом, а ще з Сюзанною. Але Сюзанна тепер літала лише в світі своїх сновидінь, а нас з Феліксом розділяла темна завіса дощу — нездоланна перешкода для ніжних комариних крилець. Навряд чи він і до нашої оселі добереться в таку негоду. І тоді я згадала про безжурного коника, який запрошував мене в свою громаду. Ймовірно, його гарний настрій якось зможе хоч трохи розігнати сірі хмари у мене на душі? Але дощ все йшов, а бездіяльність ставала все важчою... Та якщо я не можу летіти, то вже бігати ніщо мені не завадить, адже так?

Зважившись, я вирушила шукати ту саму Білу Гору, про яку говорив коник. Швидше за все, вона повинна бути тут недалеко...

Те, що було раніше дрібними калюжками, перетворилося тепер на каламутні глибокі озера. Пилова Пустка дуже змінилася — це була вже не суха пустеля, а сумне болото з дрібними блискучими острівцями між горами розкислого старого сміття.

Хтозна, як довго мені довелося б ходити в незнайомій місцевості, якби та сама Біла Гора не виявилася такою величезною: вона помітно височіла попереду. Зрадівши, я поспішила туди...

— Гей, є тут хто-небудь? — крикнула, завмерши у величезній напіввідкритій металевій конструкції.

Білі двері неймовірної висоти стрілою йшла вгору; уламки якихось незрозумілих пристосувань темніли всередині цієї велетенської будівлі. Я б точно не захотіла в такій жити. І що привернуло в ній невелику громаду комах, залишалося загадкою...

Але зараз, здається, цей дивний будинок був порожній — ні звуку у відповідь на мій клич.

Я вирушила далі й заглибилася в білий будинок, однак і тут ніхто не відгукнувся.

— Напевно, всі пішли звідси через дощ, коли вода стала заливати їх будинок, — сказала я сама собі — адже більше поговорити ні з ким...

Мокра, змерзла і абсолютно розбита, я повернулася в нірку Сюзанни. Ніколи раніше не здавалася вона мені такого тісною, а моє становище — настільки безнадійним.

— А може, я десь припустилася помилки? — продовжувала я розмову сама з собою, дивлячись в безпросвітні сірі хмари зовні. На душі було так само важко і похмуро. — Може, саме вони мали рацію — мама, сестри, подруги? Потрібно просто жити, як усі, і знаходити своє щастя в маленьких радощах. Приймати життя таким, яким воно є. А не вигадувати для себе щось таке, чого, можливо, і немає на світі...

Я підійшла до непорушного кокону з гусеницею, яка спала всередині. Хтозна, скільки вона ще проспить — тиждень, місяць, рік? А час минає. Мій час минає — вік мухи не такий вже й довгий. А я нічого ще не встигла, нічого не зробила... Та й що я могла зробити, якщо прагнула до якихось далеких ідеалів? А якщо насправді все набагато простіше? І кожен повинен прожити те життя, котре йому дається. Шукати в ньому щось гарне. А мрії...

А раптом все це — і галявина, і океан — лише красива вигадка гусениці? Як інші казки, які вона розповідає. Адже насправді вона не бачила це місце. Навіть не чула про нього. Просто воно приснилося їй...

«В іншій, прекрасній реальності, звичайно, є і ромашкове поле, і безмежний океан...» — пригадалися мені слова коника, коли він почув про моє бажання разом із Сюзанною знайти те місце. Він вважав все це просто красивою вигадкою. Може, так воно і є?

Я доторкнулася лапкою до кокона.

— Адже насправді я більше не потрібна тобі, правда? — запитала у сплячої Сюзанни. — Ти будеш спати, поки не прийде твій час прокинутися. І, можливо, після довгого сну забудеш про те, що розповідала мені про ромашкове поле на березі океану... Чи тобі насниться зовсім інше місце?

На мої очі наверталися сльози. Більше ніхто, тільки я сама була винна в тому, що кинулася за примарною мрією, яка замінила мені все. А тепер залишилася одна в цій непривітній Пиловій Пустці. Залишилася чекати невідомо чого. А в цей час життя — справжнє, реальне життя минає...

— Прощай, Сюзанно, — прошепотіла я. — Нехай у тебе все вийде. А я... Я йду додому...

Гусениця в коконі, звичайно ж, не відповіла...

Немов схваливши моє рішення, настирливий дощ, що розтягнувся на стільки днів, раптом притих. Напевно, я зможу трохи пролетіти — падаючі з неба крапельки не такі небезпечні.

Тримаючись нижче над землею, я полетіла в бік дому. Єдине, чого мені зараз хотілося, — це просто побачити рідних. І навіть Моніку...

Мені майже вдалося долетіти до кінця Пилової Пустки, подолати Стічну річку, як ніколи стрімку і повноводну. Саме там я і побачила двох гнойових жуків — тих самих, що колись крали яйця мух для свого боса. Вони шукали спосіб переправитися на інший бік.

Я спустилася вниз — мокрі крила вже майже не слухалися мене. Звичайно, ще можна було зробити спробу втекти і сховатися де-небудь. Але що потім? Адже мене все одно знайдуть рано чи пізно. Яка різниця — коли?

— Гей, Тіме, дивись! Хіба це не та муха, яку ми шукаємо? — хрипло загорлав один з жуків, прямуючи до мене.

Мокра, в бризках бруду, втомлена і знесилена, я сама вийшла їм назустріч.

— Привіт, хлопці. Вважатимемо, що ви мене знайшли...

Частина 25

У в'язниці

Монотонний звук водяної краплі, яка розбивається об камінь, був найгучнішим у цьому підземеллі. Ось зараз вона знову впаде...

Кап...

Тепер можна подумки порахувати до п'яти, і цей нав'язливий убивчий звук повториться знову...

Кап...

Не знаю, чи були краплі води ще одним способом довести нас, в'язнів-невдах, до повного відчаю, чи після тривалих дощів вода просто просочувалася в наше підземелля, граючи цю нудну музику... Але від того легше не ставало.

В тісноті тюремного підвалу нас було багато. Для мене виявилося несподіванкою, що міська в'язниця переповнена. Мер Джо відсилав сюди всіх неугодних і тих, котрі провинилися...

Звичайно ж, в цю в'язницю потрапила і я...

Моя надія побачитися з рідними виявилася марною: після мого арешту жуки — помічники Мера — відконвоювали мене прямо сюди. Тут мені належало дочекатися суду, який повинен вирішити, що робити зі мною далі.

Правда, коли відбудеться цей суд, ніхто не знав. Напевно, очікування — вже частина кари... Але сподіватися на те, що мій вчинок пробачать, не доводилося: адже суддя не хто інший, як сам Мер...

Тут, в сирих і холодних норах-камерах, тримали різних комах. Більшість, як виявилося, потрапляли сюди за крадіжку — саме їх, судячи з розмов ув'язнених, чекало найменше покарання: додаткова робота і урізане харчування, поки не відпрацюють те, що вкрали. Перебували такі в'язні тут недовго: вже через кілька днів, гарненько полякавши неволею, жуки-вонючки, котрі охороняють в'язницю, вели їх на суд. Судив злодіїв один з помічників Мера. Так само швидко розглядалися бійки або неправдиві доноси — тих, хто вчинив подібні проступки, очікував особливий загін, який виконує найважчі і небезпечні види робіт.

А ось про долю бунтівників, які посміли зазіхнути на авторитет самого Рогача Джо, говорили тільки пошепки. І при цьому ніхто не знав точно, що саме очікує нас, — все залежало від волі всесильного Мера... Я кажу «нас», бо мене зарахували саме до таких. І тепер моя доля в чужих, ворожих лапах...

«Як дивно, — думала я, проводячи нескінченні й безпросвітні дні в напівтемряві тісної клітки. — Я так сильно прагнула свободи, що опинилася... тут. Красиві крила мрії змусили мене повірити. А коли вони розтанули, наче семибарвна річка, що розквітає на небі після дощу, не залишилося нічого. Навіть надії...»

Якщо чесно, вироку суду, яким би він не був для мене, я не дуже боялася. Трудовий загін, безпросвітна робота... Чи так це відрізняється від мого попереднього життя? Хіба що поруч не було друзів і рідних. Саме за ними я нудьгувала найбільше... І єдине, що мені насправді хотілося б знати, — чому ніхто з них так і не прийшов мене провідати? Їх не пустили до мене чи вони просто забули свою Марію?..

Мені більше нічого не залишалося, як витати в потоках власних спогадів. Дитинство, безтурботна юність, перші дні на роботі... Знайомство з Феліксом... Я від щирого серця сподівалася, що у нього все гаразд і він хоч іноді згадує про мене...

Між собою ув'язнені спілкувалися мало, а якщо і говорили — то про суди, вартових і помиї, що в якості їжі раз на день приносили й кидали нам просто в клітку. Позбавлені волі та світла, комашки були дуже налякані, тому намагатися розговорити когось — пропаща справа. І самотність моя тривала — незважаючи на те, що клітка була наповнена комахами. Вони сиділи по кутках — пригноблені, байдужі до всього. Ще Частина перебувала в якійсь болючій напівдрімоті, не помічаючи нічого навколо. Гірше за всіх доводилося тим, чиї очі майже не бачили в темряві — адже пітьма тут стояла суцільною стіною. Лише одинокий гриб-гнилиця високо над нашими головами ледь-ледь розбавляв блідим світінням чорну фарбу задушливого підземелля. Це були фарби відчаю...

Щоб не збожеволіти від усього цього, мені потрібна була хоч якась втіха. Хоча б один промінчик посеред царства туги і мороку! Настільки він необхідний, що я забула, якою примарною буває надія. І якими небезпечними виявляються іноді вогники, які ваблять до себе...

Частина 26

Голді

Коли її заштовхнули в нашу камеру, майже всі в'язні вимушено прокинулися від своїх невеселих мрій. Бо від такого шуму, який влаштувала нова сусідка по камері, не здригнувся б тільки мертвий.

— Куди ви мене тягнете?! Та як ви смієте?! Ви навіть не уявляєте, що вам за це буде, якщо мій тато дізнається, що мене замкнули! Так він вам голови повідриває! — кричала тонким голоском невелика золотокрила мушка, яку два мовчазні охоронці — гнойові жуки — безцеремонно заштовхнули в клітку. — Ні, він їх вам не просто відірве, він змусить вас їх з'їсти! Ось побачите! — дзижчала далі мушка, розмахуючи лапками.

Голос у неї виявився досить гучним, але здорованi-охоронці на цей крик ніяк не відреагували. Залишивши нову полонянку, вони неспішно пішли.

— А як ти собі це уявляєш? — раптом пискнула маленька комашка, яка непомітно сиділа просто на холодній підлозі, підібгавши під себе змерзлі лапки.

Нова мушка ледь не наступила на неї, не побачивши в темряві.

— Уф, як же тут сиро і темно... Уявляю — що? — запитала новенька, намагаючись розгледіти, хто ж до неї звертається.

— Ну, як вони будуть їсти власні голови?

— А це вже їхні проблеми! Нехай як хочуть, так і їдять! — стрепенулася золотокрила мушка. — Вони ще не знають, з ким зв'язалися! Голді так просто цього не залишить!

— А за що тебе сюди? — не втрималася від запитання я.

Було страшенно шкода цю хоробру дівчину, яка потрапила в таке жахливе місце і ще сподівається з нього вибратися...

— Так, за дурницю! Ну, побилася трохи з охороною в Солодкому кварталі — уявляєш, цей охоронець не пускав мене туди! Я йому трохи видряпала одне око... То й що? У нього ще сім залишилося! А він підняв такий шум! Прибігла охорона, і мене — сюди... — зітхнула мушка. — А тебе за що?

— За втечу, — просто відповіла я.

У відповідь мушка присвиснула.

— Так ти і є та сама муха Марія, про яку стільки говорять?! — зі щирим подивом вигукнула вона.

— Напевно, — я навіть трохи розгубилася від такої уваги. Виявляється, я відома багатьом. — І що ж про мене кажуть? — запитала обережно.

Золотокрилка підійшла і сіла поруч, розглядаючи мене з цікавістю.

— Кажуть, ти втерла носа самому Джо — заявила, що не будеш на нього працювати. А потім — втекла. І тебе дуже довго шукали його помічники, доки знайшли...

— І не знайшли б, якби я сама до них не прийшла, — тихо зітхнула я.

— Сама? А де ж ти ховалася? І чому вирішила здатися? — мушка, яка сама назвала себе Голді, тепер як з мішка сипала запитаннями. І її інтерес здавався дуже щирим.

— Довга історія... — спробувала відмахнутися я, але це було не так уже й просто зробити.

— А ми, я бачу, нікуди не поспішаємо... Розкажи про себе — чому так вийшло? Чому ти вирішила піти від Рогача?

— Та не потрібен він мені, Рогач цей! — не витримала я. — Просто хотілося знати своє покликання. Свою дорогу. І піти за власною мрією...

Нова хвиля емоцій і спогадів накрила мене. Так довго останнім часом довелося тримати в собі те, що мене хвилювало, пригнічувало, не давало спокою... І я, нічого не приховуючи, розповіла Голді про свої думки, про кривди, з якими довелося зіткнутися, і про прагнення до іншого, кращого життя...

Я розповіла їй про Фелікса, про нашу зустріч з Сюзанною, про те, як довго я чекала, коли нарешті у неї виростуть крила, але так і не змогла дочекатися... І про те, чому вирішила летіти до решти мух...

Голді слухала дуже уважно, уражена моєю історією. Але, здається, крім неї слухали і всі решта в'язнів — в клітці було тихо, як ніколи, поки тривала моя розповідь.

— Швидше за все, і океан, і квітуче ромашкове поле — всього лише вигадка Сюзанни. Красива казка, в яку так хочеться повірити... — гірко зітхнула я.

— Ти помиляєшся!

Глухий тріскучий голос з найдальшого кута темниці пролунав так несподівано, що я здригнулася і озирнулася. Однак в темряві було не розгледіти того, хто сказав це.

— Воно існує насправді — це поле біля океану. Мені розповідав про нього один мій знайомий, — додав той самий голос.

Не втримавшись, я рушила в його бік — дуже хотіла побачити, хто ж говорить зі мною. В кутку, розчепіривши пом'яті і тьмяні крильця, сидів старий колорадський жук. Його вуса від віку були такими довгими, що торкалися землі.

— Вибачте... А звідки він знає про це? Він що, теж сновидець? Як Сюзанна?

— Ні, — похитав головою жук. — Він знає про це, бо був там. Він родом звідти і потрапив сюди випадково. Але дуже часто згадував про свою батьківщину...

— І хто ж він? — я була просто вражена його словами. Значить, моя мрія — зовсім не міраж, а цілком реальне місце?!

— Його звуть Семі, цвіркун Семі. Раніше він грав для розваги публіки в Солодкому кварталі, а тепер уже старий і майже не виходить з дому. Однак пам'ять у нього досі відмінна, і він зміг би розповісти про те поле і про океан...

— Що ж виходить? — пробурмотіла я. — Значить, я зневірилася і опустила крила, коли треба було просто... вірити сильніше?

Але ніхто мені не відповів; старий жук прикрив очі — здається, він просто задрімав.

Я хотіла поділитися з кимось своїм відкриттям і пішла назад — до свого вже звичного місця. Однак новенької мушки, яка ще недавно з такою цікавістю слухала мене, там не було.

Я розгублено крутила головою, намагаючись відшукати мою нову подругу. Але не побачила її ніде — золотих крилець ніде не було.

— Ти шукаєш ту мушку, новеньку? — пропищав під ногами знайомий голосок.

— Так, її, — я нахилилася до комашки, яка в напівтемряві клітки залишалася майже непомітною.

— Охоронці відвели цю красуню, коли ти пішла до того жука.

— Бідолаха! Куди вони її повели? — злякалася я.

— Не про неї тобі зараз треба турбуватися, — раптом обернулася до мене невелика жучиха з круглими крильцями. Її очі масляно поблискували в темряві. — Не про неї — про себе саму, дурна мухо. І про своїх друзів, чиї імена ти видала цієї шпигунці.

— Як... Про що ви?!

— Її напевно підіслали сюди спеціально, щоб вивудити з тебе, хто твої спільники, де ти ховалася весь цей час. А ти запросто про все розбовкала, — усміхнулася жучиха.

Це була неприємна посмішка, немов ув'язнена раділа, що я допустила помилку.

— Але чому ви так вирішили? Звідки ви знаєте?!

Мене немов ужалили при думці про те, що золота мушка, яка з таким співчуттям розпитувала про моє життя, могла виявитися шпигункою.

— Це Голді, подруга одного з помічників Рогача Джо. Її ні за що б сюди не кинули, якби не потрібно було дізнатися корисну інформацію, яку на допиті ти б напевно не розповіла. А першій зустрічній — будь ласка!

Жучиха, здається, щосили потішалася наді мною, над моєю наївністю.

— Але чому... чому ж ви тоді... нічого мені не сказали раніше, впізнавши її?! — я щосили намагалася, щоб мій голос не тремтів, але виходило у мене погано.

— А це не моя справа, — огризнулася жучиха. — Свою голову мати треба, а не базікати з ким попало...

— Так що... Кому ж тоді можна вірити, якщо поруч... одні лицеміри? — насилу прошепотіла я, повільно опускаючись на сиру, холодну землю.

Все моє тіло тремтіло, але зовсім не від холоду. Розуміння того, що я щойно добровільно видала моїх єдиних справжніх друзів, можна сказати — сама віддала їх в мерзенні лапи Джо, геть позбавило мене останніх сил.

— Нікому не можна вірити! — пискнула поруч та сама комашка. — Всі брешуть! І зраджують один одного!

Але я вже майже не чула її. Густа, в'язка, глибока пітьма обступила мене з усіх боків. Глуха, як беззоряна ніч. І вже ніяким світлом не можна було впоратися з нею — адже ця тьма була у мене на серці...

Частина 27

Світанок

Непроглядні чорні хмари накрили мене пеленою туги і болю. Я майже не усвідомлювала і не бачила нічого навколо. Здається, приводили і забирали інших в'язнів, приносили їжу... Я більше не слухала, про що говорили інші комашки, — мені було однаково.

Усвідомлення того, що я сама зруйнувала те єдине, заради чого варто було б жити і навіть боротися, — справжню дружбу, не полишало мене ні на секунду і душило важким каменем.

Мені не вистачило віри, щоб відстоювати свою мрію. Не вистачило натиску і сили духу, щоб просто перечекати важке очікування. Я засумнівалася в Сюзанні, в своїх силах і сама здалася в лапи ворога. А потім всупереч здоровому глузду розповіла, що не одна збиралася бігти зі Сміттєвого міста. І ось тепер, коли сама погубила своє життя, мені довелося дізнатися, що ромашкове поле — місце моїх мрій — існує. Тільки знання це більше нічого не означає...

Здається, на вулиці була ніч, бо пітьма в нашому підземеллі стояла особливо щільною стіною. В'язні спали хто де — скорчившись, підібравши під себе лапки, кожен окремо, кожен — сам на сам зі своїми страхами і тривогою... Я теж дрімала, закривши голову лапками, наче відгородившись від усього світу.

— Вставай! Пішли, — почула над собою, але ніяк не відреагувала.

Тоді чиясь могутня лапа просто підхопила і потягла мене. Я підкорилася, відчуваючи повну байдужість до власної подальшої долі. Просто перебирала лапками до виходу, супроводжувана тільки одним жуком-охоронцем. Втім, і одного було цілком достатньо — я навіть не думала вирватися. Все одно це марно. Все одно нема навіщо...

Сонячне світло раннього ранку вдарило мені в очі, змусивши відсахнутися, щойно ми піднялися на поверхню. І хоча світанок ще тільки займався, після задушливої темряви підземелля від променів і свіжого повітря у мене паморочилася голова.

Жук продовжував штовхати мене кудись. Підкоряючись, я рухалася майже на дотик і раз у раз спотикалася. А коли ми були за вигином сміттєвої купи, всередині якогось уламка іржавої труби, я не відразу розгледіла рослого, великого комара, який пильно дивився на мене.

— Так ти і є та сама Марія? — запитав він, варто було охоронцеві, котрий притягнув мене сюди, зникнути, залишивши нас самих.

Мої очі вже трохи звикли до світла, і тепер я теж могла розглянути незнайомця. Щось у всьому його образі здавалося мені трохи знайомим... Хоча раніше я точно з ним не зустрічалася, інакше не забула б таку колоритну персону. З довгими, злегка закрученими вусами, страхітливим жалом і великим зростом, комар мав дуже переконливий вигляд.

— Звідки мені знати, яку саме Марію ви шукаєте? — знизала я плечима. — Багато однакових мух, багато однакових імен...

— Та вже ні, таку, як ти, пошукати ще треба, — зітхнув комар з незрозумілою мені досадою. — Гаразд... Часу майже зовсім не залишилося. Слухай мене: вирушай зараз на те саме місце, де ви зазвичай зустрічалися з Феліксом — він буде чекати тебе там. Тільки поквапся! І передай йому, що додому повертатися вже не можна: Золотокрилка розповіла Джо, нібито він — твій спільник. Ви не повинні тут більше залишатися — Джо не прощає зради. Біжіть, чи буде пізно.

— Фелікс?! Чекає на мене?! — я ледве вірила своїм вухам. Те, що зараз почула, немов заново повертало мене до життя, але це було занадто прекрасно для правди.

— Так, так, поквапся! Відлітай! — шикнув на мене комар.

Приголомшена, напівп'яна від радості, я встигла тільки вимовити «дякую», коли крила вже самі підняли мене в повітря.

Я летіла, стрімко набираючи висоту, і все ще не могла повірити у все, що зараз відбувалося зі мною. Мені допомогли втекти, відкрили клітку... Але хто це зробив і навіщо? Хто той комар, що велів попередити про небезпеку Фелікса?

Піднімаючись все вище, до гілки заповітного дерева, де було місце наших з Феліксом зустрічей, я бачила під собою місто — поки сонне і майже нерухоме. Перші промені сонця ледь торкалися його крайніх кварталів, розганяючи ранковий туман і вогкість. Ще трохи — і працьовиті комахи знову потягнуться до місць своєї звичайної роботи, щоб прожити черговий день і отримати корм для наступного... Але яким буде цей день для мене? Все навколо вже стільки разів змінювалося, що, напевно, вистачило б на кілька життів...

«А може, я сама, як Сюзанна, стала сновидицею? — подумалося мені раптом, поки крильця наполегливо несли мене до мети. — А якщо це все — ще одна мрія, яка ожила для мене, замінивши собою реальність? Може, я так хотіла вирватися на волю, що тепер мені бачиться все це, немов у чудовому, незвичайному сні?»

Насправді я вже не знала, у що можна вірити. Оступаючись і розчаровуючись, втрачаючи все, розучилася довіряти, схоже, навіть самій собі...

Але мій прекрасний сон не перервався на цьому: з гілки, ледве я стала до неї наближатися, злетів мені назустріч знайомий тонкий силует.

— Феліксе!

Від радості я мало не задушила комара в обіймах, варто було нам знову приземлитися на гілку.

— Марі́є! Тобі вдалося! У нас все вийшло! — Він стрибав від радості, не приховуючи своїх емоцій.

Широченна посмішка світилася на його мордочці ніби нове сонце.

— Що саме... вийшло? — приголомшена радістю, я, здається, стала погано розуміти.

— Твоя втеча! Все ледь не зірвалося, коли до тебе підіслали ту шпигунку... Довелося діяти швидше... Але, головне, ти — на свободі!

— Ми такі раді, Маріє! — почула я поруч м'який, оксамитовий голос і обернулася.

До комарика підлітав, граціозно махаючи величезними небесно-блакитними крилами, якийсь незнайомий жучок.

— Добридень! — привіталася я ввічливо. — Я теж дуже рада... По-моєму, від усього цього просто трохи плутаюся... Тож не ображайтеся, якщо трохи дивно себе поводжу... Мені й самій незрозуміло це!

— Ти не впізнаєш мене, Маріє? — запитав жучок, підходячи ближче.

Точене тільце відливало золотистими фарбами, а крильця заворожували незвичайною, немов нетутешньою красою. Звичайно, я б ні за що не забула такого знайомства! Ось тільки голос віддалено нагадував мені когось...

— Вибачте... У мене ще все в голові плутається... Але вас я б точно запам'ятала, — зніяковіла я, захоплено роздивляючись прибульця.

— Так і в Небесному Світляку, Вказівному Шляху, ніхто не впізнав би маленького світлячка, якому тільки й хотілося, щоб його друзі знайшли дорогу додому, — жучок посміхнувся, і мене мало не підкинуло в повітря від здогадки.

— Сюзанна?!!

— Так, це я, — теж посміхнулася мені стара-нова знайома. — Тепер уже метелик.

— Як же це?! Ти така... така... красива! — від радості і захоплення у мене самі з очей побігли сльози, бо це було настільки нереально і так чудово... — А може, я сама стала сновидицею і мені все це здається? — прошепотіла я.

У відповідь Сюзанна підійшла ближче і обняла мене.

— А так? Ти віриш, що я — справжня?

— Тепер — вірю...

— І я, і я, і я! І я з вами теж! — досі випромінюючи посмішку, Фелікс підлетів і обійняв нас обох.

Коли ми всі троє нарешті трохи заспокоїлися і випустили один одного з обіймів, краї листя нашого дерева з одного боку стали відсвічувати ніжно-рожевим. Розганяючи нічне марево, величезне, повільне сонце вже почало своє сходження на самий краєчок неба. Минула ніч стрімко танула, несучи з собою страхи, терзання і зневіру. Зі мною поруч стояли мої найближчі друзі. А майбутній день, здається, знову був вартий того, щоб прожити його на повну...

— Це найпрекрасніший світанок, що я бачила у своєму житті, — неголосно сказала я, спостерігаючи зростаюче сяйво на східному краї неба.

Друзі мовчали. Вони були згодні зі мною.

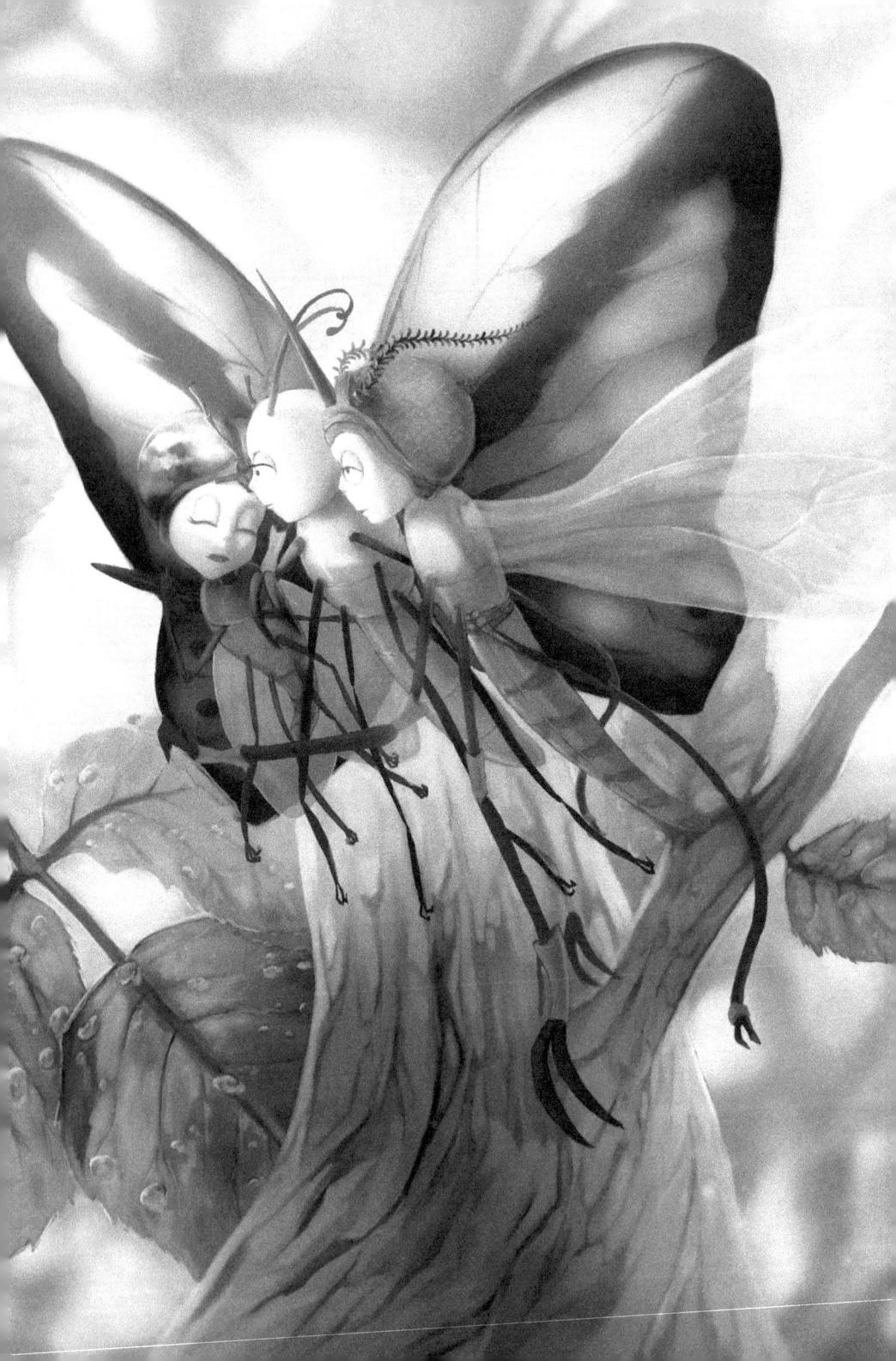

Частина 28

Коли є початок дороги...

— Нам не можна тут залишатися, — я нарешті вийшла зі стану ейфорії.

— Феліксе, той комар, котрий допоміг мені вибратися з в'язниці, просив передати тобі: додому повертатися заборонено. Тепер тебе теж будуть шукати як мого спільника. Та шпигунка з золотими крилами, вона... Загалом, я припустилася помилки...

Фелікс лише махнув лапкою.

— Я про все знаю, можеш не розповідати. Її спеціально підіслали, щоб вивідати у тебе побільше... І припини звинувачувати себе — напевно, будь-хто на твоєму місці не втримався... Уявляю, скільки тобі довелося пережити!

— Але... звідки тобі про все відомо?

Мене вразила обізнаність Фелікса. Він завжди був таким легковажним і «на своїй хвилі»... Схоже, я багато чого не знала про свого друга.

— Той комар, який влаштував твою втечу, — начальник в'язниці. І мій батько.

— Так ось чому він здався мені трохи знайомим! — нарешті зрозуміла я.

— Я зміг умовити його допомогти тобі. А коли і наді мною нависла загроза, йому довелося діяти швидше.

— Так, тепер ми всі в небезпеці, і нам потрібно якомога швидше летіти звідси. Не сумніваюся, що Джо знову випустить своїх шукачів за нами, — все це йому навряд чи сподобається...

— Але як же твій батько? Йому нічого не загрожує? — заметушилася Сюзанна. Навіть перетворившись на красуню метелика, вона залишилася такою ж щирою і доброю.

— За стільки років служби у Джо мій батько став просто чемпіоном з хитрості, — посміхнувся Фелікс. — Тож, впевнений, він викрутиться і цього разу... А нам дійсно краще вирушити в дорогу негайно. Ось тільки куди саме летіти спершу? Хоча б — в який бік? Орієнтир Сюзанни — це, звичайно, добре, але краще б хоч трохи точніше...

— Я знаю, куди нам відправитися! Вірніше, знає той, кого нам треба знайти, — цвіркун Семі. Я випадково дізналася про нього, коли була у в'язниці: виявляється, він родом з тих місць!

— О, я знайомий з ним! Якщо це той цвіркун, що грав у Солодкому кварталі...

— Так! Саме так казав про нього колорадський жук... — зраділа я. — Ось тільки проблема в тому, що цвіркун вже старий — з дому він нікуди не виходить. Значить, нам самим доведеться летіти до нього.

— Він живе в Стічному кварталі, на самісінькому березі річки, — сказав Фелікс. — Ми з хлопцями не раз збиралися там, щоб послухати його серенади, у цього цвіркуна — особлива музика. Питання лише, як ми проберемося туди? Нас, напевно, вже всюди шукають...

Сюзанна тим часом походжала по гілці взад-вперед, насторожено озираючись на всі боки. Зупинившись, вона несподівано посміхнулася і змахнула своїми золотистими вусиками.

— Здається, я дещо придумала! Нас напевно шукають — це факт. Але шукають кого? Комара, муху і гусеницю! Про метелика вони нічого не знають, тому я поки — поза підозрою.

— Ти пропонуєш нам розділитися? — почухав потилицю Фелікс.

— Якраз навпаки! З нас трьох — я найсильніша! Тож, якщо ви злізете мені на спину, а я буду летіти над звалищем якомога вище — ймовірно, нас і не помітять!

Ми з Феліксом перезирнулися, задумливо роздивляючись мініатюрну, але міцну фігурку Сюзанни. За такими величезними крилами ми, можливо, і могли б сховатися — якщо дивитимуться на Сюзанну знизу...

— Що ж... Напевно, варто спробувати, — кивнув Фелікс. — Якщо, звичайно, ти нас двох піднімеш...

— Підніму, навіть не сумнівайтеся! — розсміялася Сюзанна.

Я ще раз захопилася дивними змінами, які відбувалися з нею. Зараз незграбна і повільна гусениця перетворилась в таке легеньке, небесне створіння. Сюзанна немов світилася зсередини. Її перетворення відбулося, і це зміцнило віру в чудо. Тепер переконаність Сюзанни була і зовсім непохитною! І, дивлячись на неї, я теж потроху повертала собі надію...

— Влаштовуйтеся за моєю спиною! — скомандувала наша подруга, легко піднявшись у повітря.

Ми з Феліксом, обійнявши Сюзанну за талію, сховалися в тіні її крил.

— Летимо!

І, натхненні першим успіхом — моїм щасливим звільненням, почали шлях до своєї мрії. Уже тоді розуміли і здогадувалися — легким він не буде, ще багато чого чекає нас попереду.

Але якщо у дороги є початок, то десь буде і кінець. А значить, ми обов'язково знайдемо наше ромашкове поле...

Частина 29

Цвіркун Семі

— Знижуємося! Це десь тут! — виглянувши з-за плеча Сюзанни, крикнув Фелікс.

Наша подруга мала рацію — в тіні прекрасних крил ніхто не звернув на нас уваги, і ми без пригод дісталися до Стічної річки, яка бігла на задвірках Стічного кварталу.

— Он там його будиночок, за тією купою, — махнув лапкою Фелікс.

Тепер, коли звичайний трудовий день вже почався, робочі квартали повністю спорожніли. Вдома залишалося хіба що кілька старезних комашок. Стежити за нами не було кому, і ми майже спокійно перебралися від річки вглиб кварталу. Я ніколи не була тут, тому мене вразила велика відмінність між оселями: всередині кварталу один на одного тулилися убогі, напіврозвалені халупки з бруду, глини і гілок. А ближче до води, на березі річки, вгору тяглися багатоповерхові житла багатіїв, красиво побудовані з різноманітних відходів умільцями-мурахами.

— Навіщо одній комасі стільки кімнат? — немов читаючи мої думки, задумливо сказала Сюзанна.

Вона теж розглядала башти кількох жител, що височіли над іншими.

— Щоб було чим хвалитися перед сусідами! — весело відповів Фелікс.

Він, як корінний мешканець кварталу, навчився ставитися до всього з гумором. На мене ж і Сюзанну кричуща відмінність між злиднями і розкішшю діяла гнітюче...

Халупа цвіркуна не відрізнялася від інших — та ж убога обстановка і напівтемрява всередині однієї-єдиної малесенької кімнатки. Однак самого Семі вдома не було. І запитати, де можна знайти його, не було в кого — районом гуляв тільки сміттєвий вітер та трохи далі шелестіла річка. Саме до неї ми і вирушили — за словами Фелікса, старий музикант любив гуляти в її околицях.

На щастя, довго прогулюватися тут нам не довелося: пройшовши трохи вздовж вузького, грузького берега, зарослого тонкими стеблами бур'янів, ми знайшли під одним з них застиглого в задумі цвіркуна. На вигляд він дійсно був дуже старим; всі фарби, що були колись зеленими, вигоріли від часу, перетворившись на блідо-сірі. І сам він, мабуть, вже насилу пересувався.

Почувши кроки, цвіркун насторожено повернувся в наш бік.

— Хто тут?

Хоч очі його були широко відкриті, він, здається, майже не бачив нас.

— Добридень! Ми шукаємо цвіркуна на ім'я Семі — відомого музиканта. Це ви і є? — запитали ми.

— Я, — зітхнув цвіркун і трохи заспокоївся. — І навіщо ж ви мене шукали? Хочете послухати мою найулюбленішу пісню? Мабуть, я міг би заспівати її для вас...

— Ні, ми не за цим... — почав було Фелікс, але Сюзанна зупинила його жестом, підійшла до старого цвіркуну і влаштувалася просто на землі поруч з ним.

— Так, будь ласка, заспівайте нам. Ми чули, що ваша музика і голос — просто чудові...

Добра Сюзанна, здається, вирішила трохи підбадьорити старого музиканта. Цвіркун і справді посміхнувся вже з деяким запалом.

— Так уже й «чудові»! Може, колись... Але і зараз я ще теж дещо можу. Слухайте...

Ось так несподівано ми потрапили на маленький концерт. І залишилися раді, що вирішили послухати. Семі почав співати, виробляючи то глибокі мелодійні, то раптом уривчасті і різкі звуки, що зливалися в химерну мелодію.

Ми слухали як зачаровані, доки цвіркун не закінчив свою пісню. А ще в ній говорилося про океан і ромашкове поле...

— Шановний цвіркуне, а ви самі бачили цю галявину? Про яку співається у вашій пісні? — тихо запитала Сюзанна.

— Чи бачив я її? — сумно похитав головою цвіркун.

І... нам здалося чи насправді в очах його несподівано зблиснули сльози?

— Це моя батьківщина. І покинув я її через кохану...

— Ми прийшли до вас запитати про дорогу на те саме поле. Ми з друзями хочемо дістатися туди. Може, ви складете нам компанію і підете з нами?

Цвіркун аж підскочив. На кілька хвилин сумні його очі прояснилися, а спина випросталася — ніби всі пережиті печалі раптом злетіли з нього і в серці знову затремтіла надія. Але лише на мить. Плечі його знову поникли.

— Ні, дорогі мої, — він сумно похитав головою. — Я вже дуже старий і слабкий для такої подорожі. Ця дорога довга і небезпечна... Але якщо ви твердо зважилися на таку подорож, я розповім вам, як дістатися туди...

Частина 30

Прощавай, Сміттєве місто!

Ще деякий час ми провели на березі разом із Семі. І хоча нам варто було б поспішити, ми не хотіли образити старого цвіркуна, який з головою поринув у спогади про свою батьківщину. Він невтомно розповідав, як чудово пахнуть квіти на галявині. Як сонце, ще сонне, умивається в океанських хвилях, а потім, мов величезна риба, випливає на небо. Як комахи живуть там вільним і щасливим життям, збираючи нектар і пилок з ароматних кошиків квітів...

Ми щиро подякували йому за ці розповіді. Але найголовніше — нам тепер був відомий маршрут. Цвіркун мав рацію, дорога навряд чи буде легкою: спершу нам треба було вибратися зі Сміттєвого міста і знайти щуриху Лолу — знайому цвіркуна. Вона може провести нас до автобусної станції в людському місті, адже щури визнані знавці всіх доріг і доріжок, навіть тих, які закриті від людей та від комах.

Далі нам слід було сісти у великий червоний автобус і вирушити на ньому до вокзалу: це таке місце, де живуть гігантські залізні жуки, що називаються потягами. Вони дуже швидко бігають і за ніч доїжджають майже до самісінького берега океану. Потрібно сховатися в живіт залізного жука і виходити, лише коли це робитимуть всі люди, які теж заберуться йому в черево. А далі треба знайти якийсь автомобіль — так називаються різнокольорові залізні жуки поменше, і він прибіжить просто до нашої галявини...

Все це вкрай складно, але навіть такого далекого шляху ми не боялися. Та й відступати було нікуди — нас напевно вже оголосили в розшук по всьому місту...

Для початку слід вибратися зі звалища і знайти нору щурихи під стіною, недалеко від річки.

— Чекайте поки тут, я полечу на розвідку, — запропонувала Сюзанна. — Подивлюсь, чи зможемо ми зникнути звідси так само, як і прилетіли.

Хоробра Сюзанна, змахнувши крилами, зникла між темними остовами сміттєвих куп. І хоча я розуміла, що обачність — наша головна зброя, навіть таке невелике зволікання діяло гнітюче. Так хотілося просто зараз рвонути звідси на повній швидкості й більше ніколи не відчувати цієї задушливої атмосфери страху і зневіри, яка, здається, пронизує кожну порошинку Сміттєвого міста...

Майнувши над нами блакитним вогником, з неба впала Сюзанна. Метелик захекалася від швидкого польоту; вона явно була налякана.

— Вони... Вони вислали повітряний патруль! Оси, їх багато! Прочісують зверху всі райони. А знизу — ціла армія жуків... Це набагато серйозніше, ніж я думала.

— Чим же це ви так насолили старині Джо? — хмикнув цвіркун, який досі залишався байдужим, немов і не чув наші розмови про втечу.

— Ми відмовилися працювати на нього. І про це знає, напевно, все Сміттєве місто, — зітхнула я. — Якби я...

— Досить себе звинувачувати! Потрібно терміново придумати, що робити далі! У мене немає ніякого бажання здаватися в лапи шукачів Мера, нехай і не сподівається! — тупнув раптом ногою комарик. Завжди такий м'який і мрійливий, зараз він був налаштований дуже рішуче. — А якщо... нам попливти звідси?

Ми всі здивовано подивилися на Фелікса. Невже він якось встиг напитися тепер уже риб'ячої крові й уявляє себе водоплавним? Адже ніхто з нас по-справжньому плавати не вміє...

— Ні, не вплав, звичайно, а...

Через кілька хвилин від берега відчалив звичайний зелений листочок. Нічим не примітний, якщо не знати, що під ним ховається менший листочок. А між двома листками причаїлися три комашки, які відчайдушно прагнули свободи... Найскладніше було заховати Сюзанну: її великі крила насилу вміщалися під листком. Але ризикнути варто було: оси шукають трьох комах, а не усіляке сміття, яке пливе повз них...

— Прощавайте, Семі! Ми ніколи не забудемо вас! — кричали ми, підхоплені каламутною водою річечки.

Течія понесла наш кораблик геть.

— Прощавайте! Нехай дорога буде доброю до вас! І... обов'язково передайте привіт моїм рідним місцям. Передайте, що я завжди буду пам'ятати... — летіло нам услід.

Фігурка маленького цвіркуна розтанула вдалині, оповита легким серпанком, що струменів над водою. Тепер наші долі залежали від примх річки, яка поки смиренно несла нас в бік рятівного виходу — до стічної труби в кінці звалища.

Сюзанна мала рацію: дуже скоро десь високо над нами зазвучало в повітрі пронизливе дзижчання. Звук наростав; так шуміти міг тільки цілий рій ос, піднятий по тривозі.

Ми ще щільніше притулилися до свого рятівного кораблика. Ос, здається, він не зацікавив. Смугасті відображення воєнізованої особистої мерської охорони замигтіли на воді — оси полетіли далі, не придивляючись до річки.

— Прощавай, Сміттєве місто! — відсалютував лапкою Фелікс, коли вони вже зникли з очей.

— Не квапся, — зітхнула Сюзанна. — Будемо святкувати, лише коли виберемося звідси...

Течія все стрімкіше несла нас вниз; ми пропливли три чверті дороги і поки не натрапили на охорону. Нас шукали всюди, але тільки не у воді — адже й інші комашки майже всі погано плавали, як і ми. Тому навряд чи комусь спало б на думку, що втікачі виберуть таку недружню стихію.

Але в міру того, як звужувалася річка, перетворюючись на бурхливий потік, течія все більше кидала з боку в бік наш листочок, і так уже досить пошарпаний. І тут сталося непередбачуване — налетівши на майже приховану під водою консервну банку, наш кораблик підстрибнув і ледь не перекинувся.

Верхній листочок — укриття для нас, відлетів убік. Одне крило Сюзанни вислизнуло і незграбно ляснуло по воді. Нас закрутило і понесло все швидше. Десь попереду клекотіла вода, з силою падаючи з великої висоти.

— Там вир! — крикнув Фелікс, а попереду і справді виднілася велика воронка, що засмоктувала тріски, котрі пливуть по річці, листя і сміття. — Злітаємо!

— Я не можу! — крикнула Сюзанна, відчайдушно махаючи намоклим крилом.

Воно не слухалося, а інше виявилося безсилим без пари.

— Хапайся за нас! — крикнула я.

Ми підхопили метелика з двох боків, але намочене крило і нам не давало піднятися. Сюзанна була занадто важкою для нас!

А тим часом той перший листочок, що служив нам укриттям, вже пірнув в мутно-сіру піну потоку і зник під водою. Нас невблаганно тягнуло туди само...

— Тримайте! — почули ми раптом голос, і в наш бік протягнувся прутик. Тонкий і гнучкий, роздвоєний на кінцях, він діставав майже до середини річки, на березі якої стояв невеликий жучок з вугільно-чорними вусами. — Хапайтеся за палицю, поки вас не затягнуло!

Підстрибнувши, я першою вчепилася за цю рятівну соломинку; Фелікс із Сюзанною вхопили мене за лапи, а вусатий жук щосили потягнув її на себе. Ось так, потроху, ми наближалися до берега...

Діставшись до твердого ґрунту, допомогли вибратися Сюзанні. Бідолаха ледве могла підняти крило, не кажучи вже про те, щоб летіти.

— Величезне вам спасибі! Якби не ви — навіть не уявляю, що з нами сталося б, — від імені нас усіх подякувала рятівника метелик.

— Пусте! — відмахнувся вусань. — На річці всяке буває... Ви, напевно, не місцеві, якщо не знаєте, що тут вир і наближатися до нього небезпечно.

— Ми... просто відпочивали... — я зовсім не вміла брехати, і, здається, зараз теж вийшло не надто переконливо.

— Були в гостях, — спокійно продовжив Фелікс. — І вирішили покататися по річці. А тут... Але завдяки вашій винахідливості ми залишилися живі! Дякую!

— Та будь ласка, — розплився в самовдоволеній усмішці жук. — Не ви перші, кого я з води виловлюють. Живу тут недалеко, а на річці іноді шукаю прожиток... Що стояти, ходімо до мене — їй потрібно висохнути, — він кивнув у бік Сюзанни.

Ми перезирнулися. Жук мав рацію — поки не висохне крило, Сюзанна летіти не зможе. Значить, доведеться скористатися гостинністю нашого випадкового доброзичливця.

Підтримуючи метелика, ми рушили берегом у бік нірки жука.

Частина 31

Лукавий рятівник

Господар тісного, але досить теплого житла виявився дуже балакучим. Він базікав про що завгодно — про погоду, труднощі вилову сміття в стічних водах, про ворожнечу між місцевими жителями, які намагалися відвоювати собі для промислу кращі місця на березі... Вусач навіть відправив свого помічника — маленького жука з такими ж довгими чорними вусами — принести нам чогось смачненького зі своєї комори, захованої в затишному куточку вище за течією.

Ми як могли допомагали Сюзанні сушити крило. Метелик уже майже впоралася з цим завданням, коли повернувся маленький жучок і швидко прошепотів щось на вухо господареві.

— О, вибачте моєму помічнику! Цей юний недотепа не зміг відшукати комору. Але мої гості не залишаться без обіду, ні! Зараз я сам швиденько збігаю туди і принесу чогось нам...

— Ні-ні, не варто! — закричали ми в один голос. — У вас і так з нами стільки клопоту... До того ж ми не голодні.

— Ні, так не годиться! Це негостинно — залишити вас без обіду, я взагалі перестану себе поважати! — заторохтів вусатий жук. — Скоро повернуся, будьте ту-у-ут і нікуди не йдіть! —

вигукнув він, ховаючись в бур'янах, серед яких розташовувався його будинок.

— Який хороший жук, — розчулилася Сюзанна. — Такий привітний і уважний! От би всі комахи були на нього схожі...

— Тихо! — комарик раптом махнув лапкою, насторожено прислухаючись. — Мені щось почулося... Залишайтеся тут, тільки тихо...

З цими словами він вислизнув назовні з нірки жука, пригинаючись до землі. Через хвилину повернувся назад.

— Шукайте інший вихід! Ми в пастці! Там відразу з двох боків — по кілька гнойових жуків. Вони чекають когось, тому ще не нападають...

— Треба попередити жука, який врятував нас! — скрикнула Сюзанна. — Йому теж загрожує небезпека!

Фелікс лише похитав головою:

— Саме він і його помічник повідомили про нас! Я чув його голос — там, поруч з псами Джо. Він нікуди не збирався йти. Вони нас зрадили.

— Що ж тепер робити?! — бідна Сюзанна застигла на місці, безпорадно озираючись на всі боки. — Вони нас схоплять...

— Не дочекаються! Шукайте, тут повинен бути інший вихід! Мешканці берега завжди залишають запасний хід — на випадок затоплення...

Ми з Феліксом першими кинулися вперед, у вузький лаз в кінці нори — можливо, саме там і прихований чорний хід. Удача поки не відвернулася від нас: під купою сухих водоростей дійсно виднівся просвіт. Але лаз був занадто маленьким.

— Копаємо! — скомандував Фелікс, і ми налягли на всі свої лапи.

Після дощу земля все ще залишалася вологою, тому трохи розчистити її виявилося цілком нам під силу. Вибравшись на поверхню, ми схопили Сюзанну за лапки і теж витягли її назовні.

А з того боку вже було чутно приглушені голоси і шурхіт багатьох лап — наші переслідувачі увірвалися в нору.

— Їх тут немає! Прокляття!

— Шукайте, вони не могли далеко піти!

— Там інший хід! — почулося одночасно.

Тісна нора майже розвалювалася від тієї кількості комах, що туди втиснулися. А з лазівки таємного ходу, звідки ми ледве встигли вискочити, з'явилася вишкірена морда гнойового жука.

— Вони тут! Ловіть!

— Злітаємо!

Всі разом ми відразу ж злетіли в повітря. Наш переслідувач — набагато більший, ніж ми, не відступив назад, а рвонув за нами — і застряг у тісному лазі. Інші почали його витягати — це дало нам трохи часу.

Попереду, зовсім уже недалеко, тяглася вгору сіра стіна огорожі. Нам би тільки перестрибнути через неї — а далі сховатися від переслідувачів буде простіше. Не змовляючись, ми мчали до стіни щосили. Ось ще мить, і...

Жовто-чорна хмара раптом злетіла вгору, відокремившись від нерівної поверхні стіни, що досі надійно приховувала його.

Рій ос, розправивши крила, тут же помчав нам наперейми, обходячи нас з трьох боків. Жала загрозливо витягнулися, готові в будь-який момент атакувати.

— Назад! — пискнув Фелікс.

Ми і самі розуміли, що ні за швидкістю, ні за силою не зможемо змагатися з осами. Тим більше, коли їх стільки...

Але, озирнувшись, зрозуміли, що потрапили в пастку — шість гнойових жуків, кілька мух та інших комашок летіли прямо на нас. Діватися було нікуди...

На одну довгу-довгу мить все навколо немов завмерло. Я чітко побачила сухорляві, хижо витягнуті тіла ос, які направляли в наш бік свої кинджали. Жуки-скарабеї, розчепіривши важкі крила, ось-ось накриють нас зверху, і порятунку нам не буде... Як нерозумно було сподіватися, що ось так просто ми зможемо вибратися з цього замкнутого сміттєвого кола, де нам відведена роль невільників! Може, Фелікса ще зможе врятувати його батько. Ймовірно, красуні Сюзанні теж дарують помилування, якщо вона відмовиться від своєї мрії і погодиться служити Рогачу Джо. Але для себе я більше не бачила місця в цьому світі, який будь-що-будь хотів зламати мене, запхати в клітку, де я бути не хотіла...

— Більше не повернуся у в'язницю! — прошепотіла я. Чи сказала це голосно — не знаю...

У наступну мить час повернувся до свого звичайного ходу, гуркіт крил з усіх боків заглушив всі інші звуки, крім одного — стукоту мого власного серця, який змагався за силою зі свистом повітря.

Я входила в круте піке — з розгону кинувшись прямо в пінний вир стічної труби, котрий клекотів піді мною. Ще мить — і чорні хвилі поглинули мене, зімкнувшись над моєю головою. Стало тихо...

Частина 32

У лабіринті з ворогом

Розплющивши очі, я не відразу зрозуміла, де перебуваю, — в такій темряві доводилося мені бути тільки одного разу — у в'язниці Джо. Страх, що я знову опинилася в тісній клітці, схопив мене за горло — і я закашлялася, випльовуючи воду.

Але коли трохи віддихалась і прийшла до тями, то зрозуміла, що все-таки потрапила в інше місце. Запахи тут були іншими — сирими і пронизливими, а по спині гуляв наскрізний потік повітря. Значить, мені вдалося вижити після запаморочливого стрибка у вир?

Очі потроху звикали до темряви. Зовсім слабенький промінчик світла пробивався десь здалеку, а простір, в якому я прокинулася, здавався просто величезним. До того ж — частково заповненим водою. Вона ледь чутно шелестіла поруч, але не бурхливим потоком, а тихим, ледве помітним струмком.

Я лежала на чомусь холодному і слизькому.

— Сюзанно! Феліксе! — покликала я, однак сама насилу впізнала свій голос, таким він був тонким і слабким.

Відповіді я не почула, як не напружувала слух. Я жива, це вже добре. Але що тепер?

Мені необхідно було знайти своїх друзів, адже продовжувати подорож без них немислимо. Звичайно ж, я не змогла б їх кинути — не дивлячись на те, про що думала в останні секунди перед своїм стрибком. Свобода потрібна їм так само, як і мені.

Але для початку треба з'ясувати, що з ними. Стрибнули вони за мною чи їх схопили наші переслідувачі — цього я не знала. І де опинилася я сама...

Насилу піднявшись на неслухняних лапках, я повільно побрела на звук води — в той бік, де він був чутний виразніше. У міру просування ставало трохи світліше, а шум води посилювався. Під кінець він став звучати оглушливим гуркотом, і я опинилася в дивному місці: зверху з шипінням і свистом з величезної труби виривався водяний потік і падав у величезну яму, майже повністю залитою водою. З ями вона бігла відразу в двох напрямках: потужним струменем мчала вправо по широкому бетонному жолобу, і лише невеличкий струмок відгалужувався вліво, в ще одну трубу, розташовану трохи вище, — саме до її основи я і вийшла.

«Напевно, коли потік води посилюється і не вміщається в той жолоб, він біжить у цю трубу», — подумала я, розглядаючи величезну конструкцію, побудовану велетнями. Швидше за все, мене, маленьку і легку, просто підкинуло вгору разом з бризками і закинуло в трубу. Але чи пощастило моїм друзям, як і мені, якщо вони теж зважилися на стрибок? Раптом їх потягнуло водою далі по бетонному каналу? Страшно навіть подумати про це...

Немов у відповідь на свої думки я почула слабкий сплеск: там, за бортиком жолоба, відчайдушно чіплялася лапками, намагаючись вибратися, якась комаха. Її мокрі крила безсило повисли, їх тріпала вода, а лапи щосили хапалися за слизькі нерівності. У напівтемряві каналізації не було видно, хто це, однак рухливі вусики нагадували Сюзанну.

— Тримайся! Я зараз! — крикнула я і побігла краєм жолоба, раз у раз грузнучи в огидних бурих водоростях. — Давай лапу, я тебе витягну! — вже потягнулася я до бідолахи, що потрапила в водну пастку, але тут...

Жовто-чорне забарвлення її тіла не залишало сумнівів. Оса! Значить, у вир пірнула не я одна...

Вона чіплялася з останніх сил, одна лапа майже зісковзнула зі стінки і забилася у воді, намагаючись дотягтися до неї. Очі оси були прикриті. Здавалося, ще трохи — і вона просто втратить свідомість. Але при цьому гордячка навіть не попросила про допомогу. Або була так впевнена, що допомоги не варто чекати?

Я зітхнула. В небі ми були ворогами, але тут, у владі чужої стихії, виявилися рівні в своєму прагненні вижити...

— Давай лапи! — сказала я, підбираючись ближче.

Оса підняла велику голову: секунду дивилася на мене з незрозумілим виразом, наче вирішувала, довіряти мені чи ні. І нарешті просунула лапу — спочатку одну, потім іншу. Вхопившись за них, я щосили потягнула осу на себе. Вона виявилася вельми важкою, але, отримавши опору, тут же відштовхнулася іншими лапами від слизького берега і підкинула своє потужне тіло вперед. А через мить впала поруч зі мною, важко дихаючи. Водяний потік проносився тепер повз, оса дивилася на нього порожніми очима.

Ми удвох, знесилені, просто лежали на холодному бетоні.

— Навіщо ти врятувала мене? — нарешті запитала вона після довгого мовчання.

— Тобі ж потрібна була допомога, — відповіла я.

— А ти знала, що мене, як і інших, відправили вбити тебе? Не всіх трьох, а тільки тебе...

Від її слів по моїй спині пробіг холодок. Вірніше, від того спокійного тону, яким вони були сказані. Цікаво, чи доводилося їй виконувати такі накази свого боса і раніше?

— Ні, не знала...

— Ну, тепер знаєш... Ти ще можеш спробувати зіштовхнути мене назад у канаву — я не впевнена, що у мене вистачить сил для опору, — так само спокійно вимовила оса, але продовжувала дивитися на мене вичікувально.

— Не хочу... Навіщо тоді було рятувати тебе? — відгукнулася я.

— А якщо я спробую виконати свій наказ?

Ми помовчали ще трохи. Ніхто з нас не зробив спроби встати. Голова у мене досі йшла обертом і боліла, однак і оса, схоже, була не в кращому стані. Але все ж мені здавалося, що зовсім не через це вона не напала на мене.

— Чому? Чому ти стрибнула? — знову запитала вона. — Ти ж не була впевнена, що виживеш. Ніхто не міг бути впевнений — ніхто не знав, яка там глибина, чи є камені і куди далі тече вода. Ти йшла на смерть... Чому?

— Бо краще смерть, ніж неволя. Я задихалася там... Не тільки тюремна клітка в підвалі, все наш Сміттєве місто — одна велика в'язниця, з якої немає виходу. Немає — бо ніхто його не шукає. Бо всі думають — так і повинно бути... Я не хочу такого життя. І мої друзі теж. Ми вибрали свободу...

— Дивна ти... — пробурмотіла оса.

Вона здавалася задумливою. І раптом, немов остаточно щось вирішивши, підняла свою великооку голову. — Іди, мухо! У тебе є час, щоб піти. Коли я поверну собі сили, такої можливості не буде.

— Ти відпускаєш мене?

— Я солдат. І не порушую накази. Але зараз дуже слабка, щоб переслідувати тебе. Скористайся цим — не роби ще однієї дурниці, — глухим голосом відповіла вона.

Здається, ці слова, як і саме рішення, давалися їй нелегко.

Вона мала рацію — я не повинна спокушати долю ще раз, залишаючись тут, з найманкою, яку відправили за мною. Але ось куди йти далі?

Я встала. Рухатися рівно наразі ще не виходило, між тим мені вдалося зробити кілька кроків.

— Твої друзі... Їх понесло течією вниз, по жолобу. Вони стрибнули за тобою. А я — за вами. Більше ніхто не стрибнув... Вони залишили мене, зрадниці... Ну нічого, мені б тільки вибратися, і вони пошкодують про це...

Я в останнє озирнулася на осу: чомусь не було сумнівів, що ця сильна і безстрашна войовниця вибереться назовні і влаштує своїм підлеглим справжній розгром... Шкода, що доля зробила нас ворогами, адже це був ворог, гідний поваги.

Я раптом згадала, де бачила її раніше: червоне намисто палаючих павукових очей, павутина і маленька мушка в ній... Тоді вона врятувала мене. Сьогодні я відплатила їй тим самим.

Більше нам нічого було сказати одна одній.

Похитуючись, я попрямувала краєм жолоба вниз, за потоком буремної води. Мої друзі... Якщо вони живі, зараз теж потребують моєї допомоги. І я відчайдушно сподівалася, що знову побачу їх...

Частина 33

Вихід, який знайшовся сам

Чи то очі мої звикли до темряви, чи то скупі промені світла звідкись все ж проникали сюди, але в міру мого просування вниз по кам'яному жолобу дійсно ставало світліше.

Вода так само стікала вниз, і, скільки я не йшла, нічого навколо не змінювалося. Все ті самі похмурі вологі стіни і той самий нескінченний коридор попереду...

Не знаю, скільки тривав мій шлях — все переплуталося в свідомості, і здавалося, що ця дорога не закінчиться ніколи...

Трохи повернув мене до реальності шум води попереду — подібний до того, що був біля першого водоспаду, який розкидав нас в різні боки. Мої крила вже досить висохли, щоб спробувати летіти: піднявшись у повітря, я на цей раз легко минула небезпеки падаючої води, яка з жолоба переливалася в таку ж яму, як і попередня, і так само поділялася далі, продовжуючи свій шлях через дві труби. Невже цей підземний лабіринт ніколи не закінчиться?

І тут моє серце здригнулося: я побачила їх! Мокрі крила Сюзанни безпорадно звисали вниз. Сама вона сиділа на бетонному виступі між двома трубами, а поруч з нею нерухомо лежав комарик.

— Феліксе! Сюзанно!

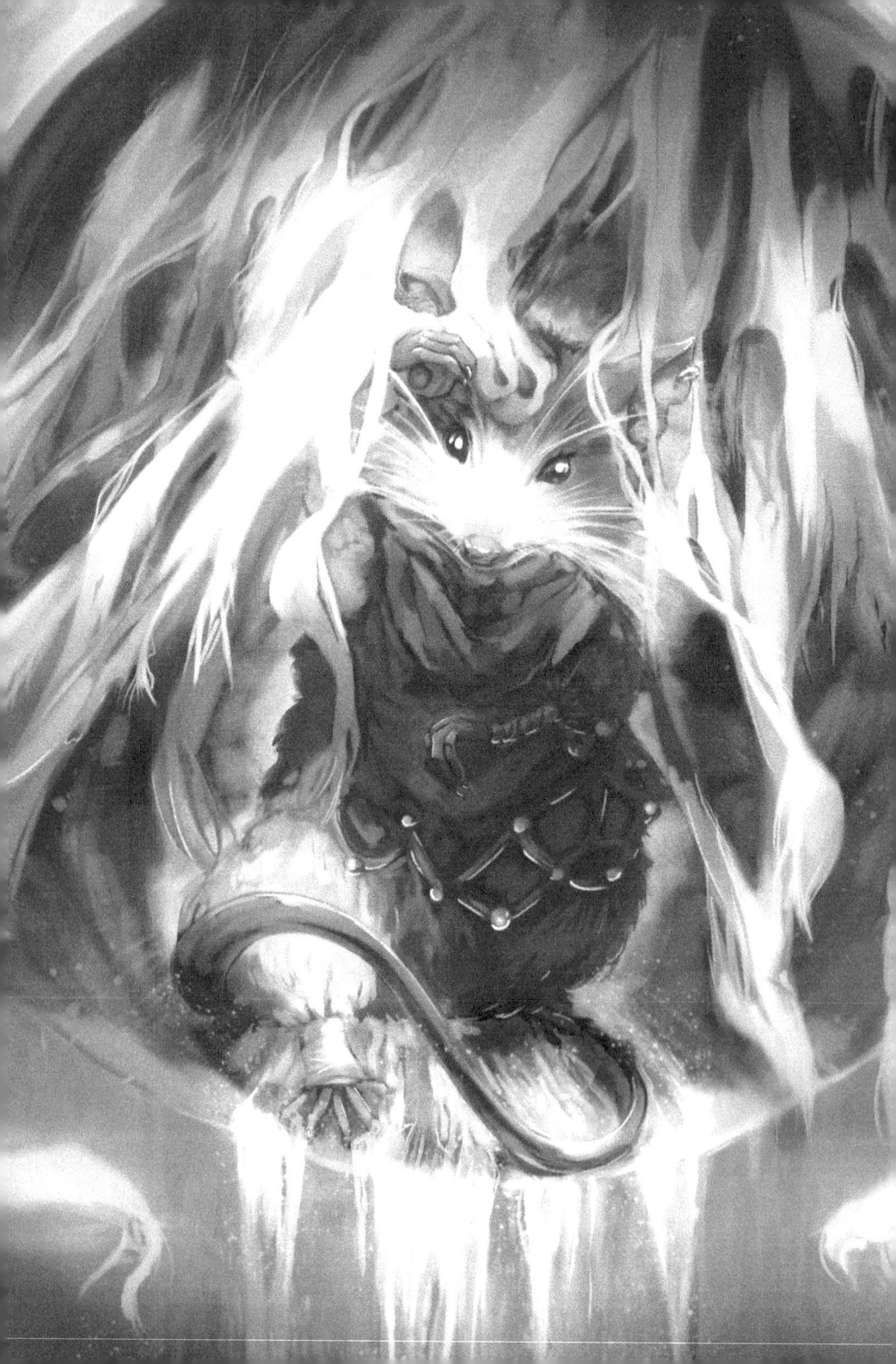

Метелик здригнулася і повернулася в мій бік. Схоже, в темряві вона бачила дуже погано.

Я кинулася до них і обняла радо подругу.

— Я вас знайшла! Яке щастя! Я так боялася, що...

— Ми теж боялися, що ти потонула, — схлипуючи від радості, сказала Сюзанна.

— А Фелікс? Що з ним?..

— Привіт, Маріє... Радий бачити тебе в цьому сутінковому світі... — голосок комарика ледь звучав, але як же я рада була його чути!

Як здорово було знову бачити моїх друзів — трохи пошарпаних, проте живих!

— Ну ти і влаштувала переполох! — продовжував Фелікс, посміхаючись. — Всі ці оси... Вони просто отетеріли, коли ти раптом — раз! — і у воду. Ми з Сюзанною теж спочатку трохи розгубилися. А потім зрозуміли, що це — єдиний вихід, інакше вони б нас точно схопили. І вони піймали облизня! За нами ніхто не ризикнув пірнути...

— Ризикнув. Одна оса. Я зустрілася з нею — там, біля першого водоспаду.

— І вона... Як ти зуміла вирватися?

— Скажімо, ми з нею зрозуміли одна одну... Але повертатися назад все ж не варто — я не впевнена, що вона нас не переслідуватиме.

— Тоді куди? — Сюзанна мала розгублений вигляд.

Здається, вона не постраждала при падінні, проте неможливість летіти і сліпота в темряві позбавляли її впевненості в собі. Фелікс якраз бачив краще нас обох, але саме йому дісталося найбільше — у нього постраждали відразу дві лапи і він був ще дуже слабкий, щоб йти.

Залишатися тут теж було небезпечно — хто знає, чи не велів Джо своїм поплічникам пірнати за нами з метою продовжити погоню? А може, їм відомі й інші шляхи в каналізацію?

— Йдемо... Туди! — я кивнула в бік труби, де вода бігла тонким струмочком посередині, залишаючи можливість пройти поруч. —

Феліксе, ти будеш нашими очима. Забирайся мені на спину і дивися уважно, щоб нам не потрапити в яку-небудь яму. А ти, Сюзанно, просто йди за мною слід у слід!

Мабуть, командувати у мене вийшло так природно, що друзі відразу послухалися. Втім, це було найраціональніше рішення: нехай ми і рухалися повільно і невідомо куди, проте будь-яка дорога повинна кудись привести...

Ось так, тягнучи на спині пораненого Фелікса, я і просувалася вперед новим нескінченним лабіринтом. Сюзанна плелася позаду, обережно ступаючи тонкими лапками по слизьким водоростям слідом за мною. Говорили ми мало — потрібно було берегти сили, адже невідомо, що чекає нас попереду...

— А знаєш, Маріє, я завжди вірив, що у нас все вийде. І що у Сюзанни обов'язково виростуть крила, — сказав раптом комарик. — Навіть коли ти засумнівалася, я все одно продовжував вірити...

— Я більше сумніватимуся — обіцяю вам, друзі, — відповіла я, зупинившись. — Більше ніколи!

— Чуєте? Якийсь шум! — прошепотіла Сюзанна.

Але ми й самі вже почули тупіт сильних лап, який долітав з віддаленого кінця труби. Шум стрімко наближався до нас: бігти було безглуздо. Хіба що...

— На стіну! Спробуємо піднятися на стіну, вона досить шорстка...

Ми всі троє кинулися вгору по увігнутій стіні. А шум, підкріплений луною, звучав вже майже поруч...

У темряві раптом з'явилися очі, блискучі й схожі на двох світляків. Покрите густою шерстю тіло рухалося граціозно і швидко, довгий голий хвіст миготів у повітрі. Підбігши до нас, істота зупинилася і принюхалася. Затамувавши подих, ми ледь не прирісли до стіни, намагаючись бути якомога непомітніше.

— Гей, комашки! Це ви, чи що, друзі цвіркуна?

— Цвіркуна Семі? — видихнула я.

Якщо оси та інші мерські поплічники були більші і сильніші за нас, то проти такого звіра напевно вони і всі разом не вистояли б...

— Так! Вітаю! — звернулася до нас істота вже більш привітно.

— Вибачте... Ви і є щуриха Лола?

— Так, я Лола і прибігла забрати вас. Як добре, що ми зустрілися! А то тут, в каналізації, можна блукати довго, довго, дуже довго...

— Але як ти про нас дізналася? Це ми повинні були шукати тебе, — все ще сумнівалася Сюзанна.

Недавні події навчили її обережності.

— Цвіркун заспівав пісню про трьох сміливців, які полетіли за своєю мрією. І про те, що їм напевно потрібна моя допомога, якщо вони вже опинилися по той бік стіни... Я люблю слухати його пісні, коли буваю на звалищі, — адже він завжди співає з душею! А цього разу він заспівав про мене — як же я могла його не почути? — пояснила щуриха. — Ну, забирайтеся до мене на спину!

Ми з друзями перезирнулися. Довіритися Лолі все ж було краще, ніж блукати тут і далі без будь-якого орієнтира... До того ж ми так втомилися, що почуття страху притупилося майже до нуля.

Допомагаючи один одному, сяк-так забралися на спину щури.

— Тримайтеся міцніше! — встигли почути, перед тим як Лола розвернулася і помчала назад, роблячи величезні стрибки і легко човгаючи по мілкій воді.

Схопившись за шерстинки на спині, ми просто насолоджувалися стрімким рухом по тому самому лабіринту, в якому тепер були пасажирами. Миготіли вгорі темні склепіння каналізації, хлюпала, розлітаючись бризками, вода. Але вперше з того моменту, як потрапила в каналізацію, я відчувала себе захищеною.

Очі закривалися самі собою, і непомітно я заснула...

Частина 34

Великий червоний жук

— Ну нарешті!
— Прокинулася, сонько! — прозвучали відразу два голоси, щойно я відкрила очі.

Мої друзі, вже відпочилі і задоволені, були поруч.

— Ти проспала сніданок, зате прокинулася якраз на обід!
— Невже я так довго спала?

Я вибралася з чогось м'якого і солодко потягнулася. Почувала себе просто відмінно — відпочила і була сповна сил. Виявляється, так солодко спала я на м'якій підстилці з сухої трави, якою була встелена щуряча нірка.

— Ух ти, як тут просторо! — захопилася я, оглядаючи помешкання Лоли.

— Подобається? — не без гордості запитала щуриха, щойно з'явившись у дверному отворі з невеликою солодкою грушею в лапах.

Аромат у груші був неймовірним!

— Пригощайтеся, спеціально для вас принесла, — щуриха опустила грушу на підлогу.

Два рази просити не довелося: ми одразу налетіли на частування. Лола з посмішкою дозволила нам досхочу набити животи.

— Здається, я зараз знову засну, — зізналася я.

Спокій і ситість діяли дуже вже розслабляюче...

— Не смій! Великий червоний жук-автобус побіжить дуже скоро, і нам треба дістатися до нього, — замахав лапками Фелікс. — Ми і так почали хвилюватися, чи ти не перетворилася на мухосонька...

Наша розмова продовжилася, вже коли ми сиділи на спині щурихи: Лола веліла нам триматися міцніше і знову вирушила в дорогу. Але тепер довгий перехід по трубах каналізації не здавався таким страхітливим. Щуриха стрімко просувалася тільки їй відомим маршрутом, а ми просто раділи, що у нас з'явився такий сильний і досвідчений друг.

— Хотілося б знати, чи ще шукають нас? — задумливо промовила Сюзанна.

Крила метелика встигли висохнути, і вона акуратно склала їх за спиною.

— Думаю, так, — зітхнула я. — Керівниця ос бачила мене в тунелі — навряд чи вона про це забуде. Тим більше їх всіх послали убити мене і зупинити вас...

— Який жах! — сплеснула лапками Сюзанна. — Але чому?! Що ми їм зробили?

— Не їм, а йому, — хмикнув Фелікс. — Рогачу Джо. Ми підриваємо його авторитет своїми вчинками. Дивлячись на нас, й інші комахи можуть захотіти робити те, що їм заманеться, і не служити Меру. Адже гною і помиїв на звалищі досить! І якщо всі комашки просто відмовляться підкорятися Рогачу і його поплічникам, він залишиться ні з чим! Тому зрозуміло, що Мер в коржик розіб'ється, аби зловити Марію і розправитися з нею на науку всім іншим...

— Жах який... — повторила Сюзанна.

Живучи відлюдником на самісінькому краю Сміттєвого міста і мало з ким спілкуючись, вона була майже не знайома з законами і звичаями звалища і не могла примиритися з жорстокістю і зрадою, яких ми сповна зазнали за один лише вчорашній день...

— Нічого, за мною вони не вженуться! — підбадьорила нас Лола, не припиняючи свого бігу. — А за великим червоним жуком —

і поготів. Колись я намагалася позмагатися з ним, так він зник з очей швидше, ніж я зуміла як слід розігнатися! А я — визнаний бігун у всій міській каналізації, — гордо зазначила наша провідниця.

Її слова нас трохи заспокоїли, хоча страх досі залишався, а нетерпіння з кожною хвилиною зростало: адже червоний жук — це шлях до нашого поля!

Дорогою до автостанції ми багато разів звертали в різні боки, опинялися на вулиці і знову пірнали під землю. Залишалося тільки дивуватися, як щуриха вміє так спритно орієнтуватися в абсолютно однакових підземних проходах і на не менше заплутаних лабіринтах вулиць людського міста! Напевно, Лолу, як і нас, на шляху вело її серце...

Вже звикнувши до зміни пейзажів, ми несподівано зупинилася. Щуриха вибралася з-під землі, але бігти далі не зважилася: прямо перед нами шуміла дорога і натовпи людей рухалися взад-вперед в тільки їм відомих напрямках. Між ними пробігали великі різнокольорові жуки зі смішними круглими лапами. Вони мчали дуже швидко; дійсно, навіть бігунка Лола навряд чи змогла б наздогнати їх...

— Далі я з вами не піду — на землі занадто небезпечно. Але у вас є крила — ви зможете дістатися в потрібне вам місце повітрям. Тільки піднімайтеся вище!

Ми щиро подякували нашій добрій провідниці. Як все-таки чудово, що в світі зустрічаються такі чудові істоти, як Лола! Шкода, далі нам не по дорозі. І тепер знову покладатися можна тільки на себе...

Наш автобус важко було не помітити: величезний яскраво-червоного кольору, він дійсно дуже нагадував дивовижного жука з великими очима і загнутими вусиками. Ось тільки на кінцях цих вусиків чогось були дзеркала... Але дивуватися було ніколи: хтозна, коли громадина надумає втекти? Потрібно якнайшвидше прослизнути всередину, як радив цвіркун.

Це було не так складно: прозора перегородка була відкрита, і ми просочилися за неї. У величезному просторі такого чуда-дива відразу трохи розгубилися, але незабаром знайшли для себе місце: на верху, на полиці поруч з якоюсь плоскою коробкою з намальованим зверху червоним хрестом. Влаштувавшись майже з комфортом, притихли і почали чекати.

Кожен думав про своє, але, зустрічаючись поглядами, ми не могли не посміхатися один одному, адже у нас все вийшло! І жахи Сміттєвого міста залишилися в минулому, а попереду — наша Поляна...

Якби ми знали тоді, засліплені успіхом, що за нами спостерігають з далекого кута шість пар злісних очей...

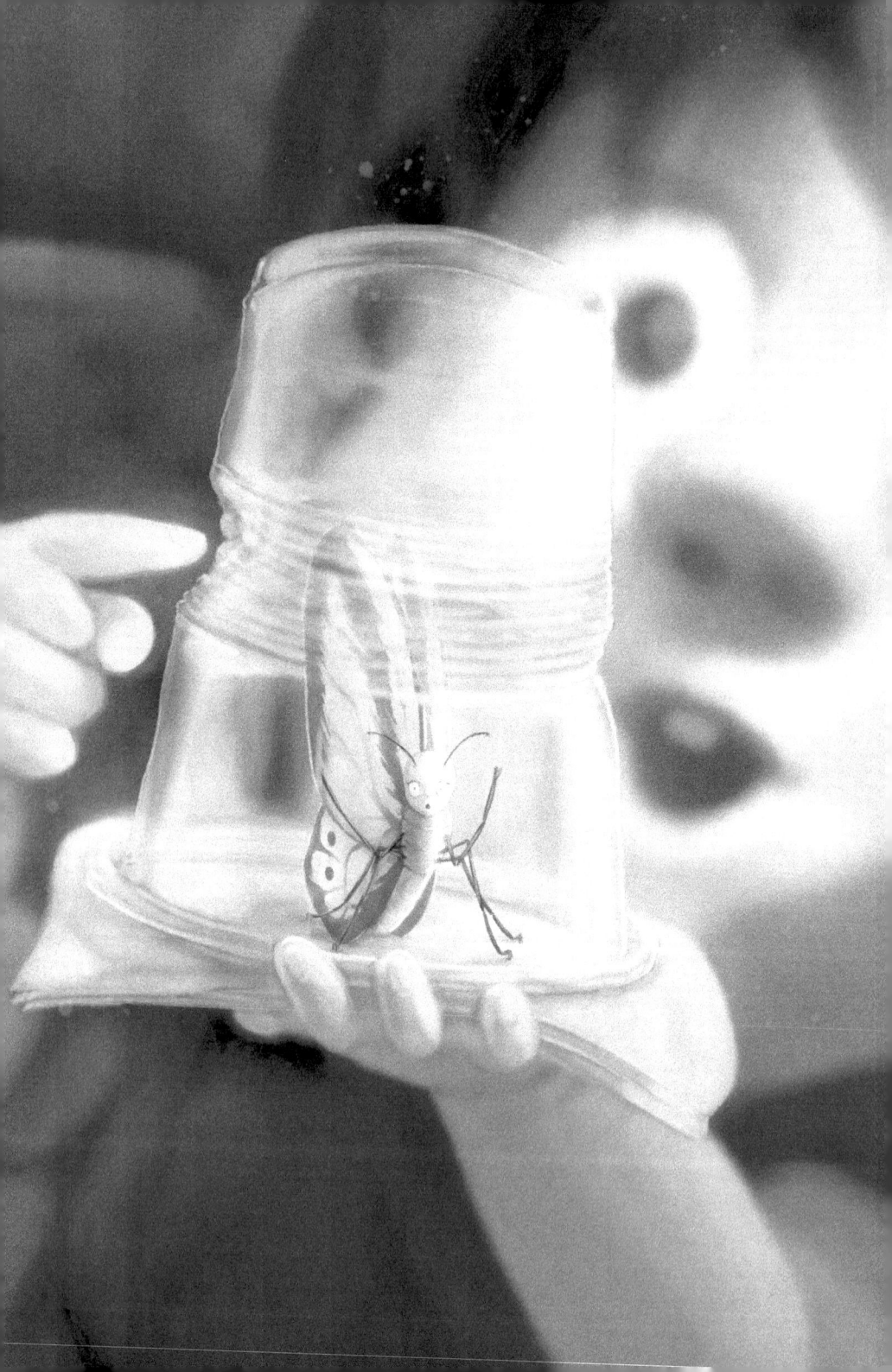

Частина 35

Пластиковий полон

Розслабившись і відчуваючи себе у відносній безпеці, я знову задрімала. Прокинулася від різкого поштовху і не відразу зрозуміла, що червоне чудовисько почало свій біг. Всередині у нього вже було повно людей, весь простір наповнився чужими, незнайомими запахами.

А потім ми почули, як дихає цей дивний жук — хрипкий подих з рідким пирханням і свистом долітав і сюди. Його серце билося в шаленому ритмі, від цього дрібно тремтіло все у нього всередині.

— Подивіться туди! — прошепотів Фелікс, киваючи в бік однієї з прозорих перегородок, що нагадували вигнуте крило.

Я не відразу зрозуміла, що він має на увазі. Але коли зрозуміла... По той бік, мелькаючи з неймовірною швидкістю, проносилися дерева, які здавалися маленькими, — так справді не вміла бігати жодна істота з раніше нам знайомих. Приголомшені, ми тільки мовчки дивилися, дивуючись і радіючи. Пролетіти самим такі відстані здавалося неймовірним...

Подорож тривала довго. По той бік фарби дня стали розбавлятися темним золотом — день тихо згасав. Нескінченні ряди дерев змінилися просторами полів, котрі розкинулися на всі боки. Вечірня мла огортала їх легким покривалом. Все навколо здавалося якимось нереальним, майже казковим... Прикривши очі, я, здається, вже майже наяву бачила блискуче від ранкової роси ромашкове поле, чула, як тихо перешіптуються між собою квіти в очікуванні сходу сонця...

— Марі! Обережно! — почувши зойк Сюзанни, я схопилася і злетіла, — якраз вчасно: чіпкі лапи гнойового жука схопили повітря під моїм животиком.

Злякавшись, я не відразу повірила тому, що бачила: чорним кільцем шість жуків оточили нас з усіх боків.

— Біжимо!

Жуки теж не чекали: їх план атакувати нас сплячих не вдався, і вони більше не таїлися. Захоплені зненацька, ми деякий час безладно металися в різні боки над головами людей. Але відкритий простір грав не на нашу користь: нам з Феліксом, більш дрібним і в'юнким, ухилятися від переслідувачів було простіше. А ось великі крила Сюзанни лише заважали їй: кілька разів жуки мало не зловили її.

Гарячково намагаючись зрозуміти, як рятуватися далі, ми продовжували божевільні гонки... Але жуки, навпаки, мали свій план: полишивши ганятися за всіма відразу, вони зосередилися на найслабшій меті — Сюзанні. Два жуки одночасно кинулися на метелика. Поки вона намагалася ухилитися, третій обрушився на неї зверху. Збита в польоті, Сюзанна шкереберть полетіла вниз.

Того, що сталося далі, ніхто не міг передбачити: прямо під падаючим метеликом рожевим листком раптом розгорнулася людська долоня. Ніяково змахнувши крилами, Сюзанна приземлилася на неї.

— Мамо, мамо, дивись, який метелик!

Інша людська істота теж повернула голову і схилилася до завмерлої Сюзанни.

— І справді, яка краса! Звідки він тут взявся?

Дурні жуки, не звернувши уваги, що метеликом зацікавилися люди, натовпом кинулися слідом — і приземлилися на ту ж руку, де тремтіла перелякана Сюзанна. Те, що це була їх помилка, зрозуміли всі, але занадто пізно...

— Фу, жуки! Мамо, жуки! А-а-а-а! — заволала менша людина і відчайдушно замахала руками, скидаючи непрошених гостей.

Жінка приєдналася до нього.

Впавши на підлогу, шукачі кинулися врозтіч, рятуючись вже від ніг, котрі відчайдушно тупотіли. Пролунав страшний тріск: один з них, розпластавшись, залишився лежати нерухомо. Інші розбіглися, однак чи надовго?

Сюзанна, здається, була врятована. Метелик спробувала злетіти, але інша долоня обережно прикрила її зверху.

— Можна, я заберу метелика з собою? — пролунав тонкий голосок.

— Навіщо він тобі?

— Я хочу! Хочу! Хочу!

У відповідь почулося зітхання. Звідкись в руках жінки з'явився прозорий стаканчик — такі нерідко трапляються у нас на звалищі. Один спритний рух — і пастка розкрилася перед нещасною Сюзанною. Зверху, закриваючи шляхи відходу, опустилася паперова серветка.

— Все, твій метелик тепер нікуди не полетить. Постав ось сюди, на підставку...

Ми з Феліксом тільки ошелешено дивилися, несила нічим допомогти нашій подрузі. Навіть спробувати підлетіти до людей зараз було неможливо — маленька людина постійно озиралася, шукаючи інших комах. Нарешті людське дитинча заспокоїлося і схилилося на сидінні, розглядаючи свою полонянку.

— Ми обов'язково щось придумаємо! — шепнув мені Фелікс. — А тепер треба сховатися.

— Куди? — після полону Сюзанни я теж відчувала себе безпорадною.

Ну що одна муха і один комар можуть зробити з двома людьми?

— Сюди!

Фелікс вже тягнув мене до розчепіреного зіва рюкзачка, з якого жінка недавно дістала порожній стаканчик. Вона так і не встигла закрити рюкзак... Ми прослизнули всередину і завмерли біля самісінького краю під застібкою.

— Так ми будемо ближче до Сюзанни. І жуки сюди точно поки не сунуться, — пояснив розумний комарик.

Вкотре я була вражена сміливістю Фелікса, так само, як і його винахідливістю. У новому укритті жуки нам і справді не загрожували. Але люди... Залишалося сподіватися, що нас не помітять. І вірити в диво...

Частина 36

Оманливе світло

Чи справді так довго тривав весь останок шляху в череві червоного автобуса, чи нам, насторожденим і готовим до будь-якої несподіванки, він здався таким? Нарешті великий жук зупинився, і люди почали залишати його. Пластиковий стаканчик в дитячій руці злетів високо в повітря, а полонянка всередині нього безпорадно намагалася знайти нас поглядом.

Але і нам самим довелося непросто: застібка над нашими головами різко закрилася і настала темрява… Люди рухалися. Свою сумку, в якій ми сиділи, вони теж забрали з собою. Залишалося лише сподіватися, що нас понесуть туди ж, куди і нашу подругу.

— А якщо ми не знайдемо Сюзанну? Якщо її забрали в інше місце? — озвучила я свої страхи.

— Обов'язково знайдемо! Ми у тих самих людей, які взяли стаканчик. Вони точно відкриють рюкзак, і ми придумаємо спосіб звільнити Сюзанну. А потім разом вирушимо шукати велику чорну гусеницю, щоб їхати на ній до океану. І точно потрапимо туди!

— Феліксе, я іноді заздрю твоїй стійкості та впевненості, — чесно зізналася я. — Який же ти сміливий! Я і не думала, що ти такий! І коли ви з Сюзанною стрибнули слідом за мною... Якщо чесно, я сумнівалася, що ви так зробите.

— А ти більше не сумнівайся! — майже весело відповів Фелікс. — Ми разом, і це вже сила! Ви з Сюзанною дуже багато для мене значите. Якби не ви, я б ніколи не наважився ні на що подібне. Я сміливий тому, що ви мені довіряєте. Не можу ж підвести своїх кращих друзів!

Рух зовні припинився. Довго, дуже довго нічого більше не відбувалося: ми тільки чули незрозумілий шум і гул людських голосів, що доносився зовні. Запахи знову змінилися — вони стали якимись приглушеними, і до них додався незнайомий, залізний. Поки ми не знали, що б це могло означати.

Але раптом голос пролунав ближче, знову рух — і небо над нами відкрилося! А над сумкою схилилося величезне обличчя. Рука потяглася всередину...

— Біжимо! — пискнув Фелікс, і ми стрілою вилетіли зі свого укриття.

Вже знаючи звичаї людей, готових убити комах — крім хіба що красивого метелика, ми відразу ж рвонули вище вгору. Одразу з'ясувалося, що знаходимося в приміщенні, не дуже великому. Люди зайняли місця на м'яких сидіннях біля такої ж прозорої перегородки, як і перед цим в автобусі. Але тепер зовні була ніч. А приміщення освітлювалося...

— Яке воно прекрасне... Це світло! Воно просто... чарівне...

З подивом обернувшись, я побачила Фелікса, що гойдався в повітрі, немов п'яний. Очі його були порожніми, вірніше — повними світла маленького яскравого сонечка під стелею. Ніби заворожений, він повільно рушив просто на це світло.

— Феліксе, не дивись туди! НЕ дивись!

Я вхопила комара за лапку, але він навіть не відреагував — продовжуючи свій рух до цієї яскравої штуки, просто тягнув мене за собою. Мені доводилося чути про таке — деякі комарі, мошки і навіть метелики потрапляють під чари людських вогнів і летять до них, як зачаровані. І... гинуть там...

— Нам потрібно врятувати Сюзанну! Прокинься! Не дивися на це світло!

Я рішуче затормошила Фелікса і закрила йому очі. Комарик сіпнувся, немов отямився.

— Де я? Маріє, що це було? Таке чудове світло...

— Воно тебе погубить, якщо ти і далі будеш летіти до нього! — крикнула я Феліксу щосили, але мій друг продовжував залишатися таким, ніби недавно тяпнув добрячу порцію коров'ячої крові.

— Феліксе, не дивися туди! — почала вмовляти я його, однак він ледве міг із собою боротися.

— Я не можу... Мені здається, воно притягує мене...

— Тоді тримай очі закритими і просто довірся мені.

Я обережно потягнула комарика вниз — повз людей, в найдальший і найтемніший куток, який мені вдалося знайти в цьому приміщенні. Спостерігаючи за Феліксом, який слухняно слідував за мною, все ж встигла помітити на маленькому столику між людьми той самий стаканчик з метеликом. Мені відразу полегшало на серці — хоча б Сюзанну не доведеться шукати...

Я затягла Фелікса в довгу щілину під сидіннями. Люди сюди не дістануть, і небезпечне світло помилкового сонця з цього місця не видно. Можна хоч трохи перевести дух...

— Стояти! Здавайтеся, ви оточені! — прозвучало раптом з усіх боків. На нас, загрозливо ворушачи вусами, наступали чорні тіні...

Ми з Феліксом перезирнулися. Полетіти неможливо: комарик знову стане іграшкою для помилкового сонця і легкою здобиччю гнойових жуків. Але і здаватися ось так просто ми не збираємося.

Повернувшись спиною до спини, ми приготувалися до оборони. Тіні насувалися все ближче...

— Ми ні за що не повернемося до Джо! І ні ви, ніхто інший не змусить нас це зробити! — викрикнула я в чорну гущу лап, панцирів, вусів, котрі невблаганно насувалися.

— Хто такий Джо? — запитав голос, зовсім незнайомий, а з тіні вийшла комаха, раніше не бачена нами.

Потужні лапи, широкі щелепи, коричнево-рудий панцир... І взагалі ніяких крил! Його побратими — один в один такі жуки — теж ступили ближче з темряви.

— Так ви... Не гнойові? — пробурмотіла я здивовано.

Один з жуків, хмикнувши, заворушив довгим рудим вусом.

— Дороженька, я вважав би це образою. Але бачу, ви нетутешні і на загарбників не схожі... Що ви тут робите?

— Ховаємося. Від жуків, які за нами женуться, і від людей, які захопили нашу подругу. А тепер — ще й від світла. Он те маленьке несправжнє сонце під стелею зачарувало Фелікса...

— Сонце під стелею? — жук розреготався. — Та ви якісь дикі зовсім... Потрібно показати вас Капітану — нехай він і вирішує, що з вами робити.

— Прошу йти за нами, — строго відчеканив інший жук.

Усі, хто прийшов, а їх було семеро, оточили нас щільним кільцем, відтісняючи далі до щілини в підлозі. Нам нічого не залишалося, як підкоритися...

Частина 37

Мета недосяжна

— Капітане! На ввіреній нам території ми знайшли чужинців, які проникли сюди з незрозумілою метою. Ми зловили і доставили їх, сер! — відрапортував один з наших конвоїрів.

До нас не поспішаючи вийшла така сама комаха, як і семеро інших, тільки розміром мало не в два рази більше. Ми з Феліксом спокійно стояли, поки величезний вусань розглядав нас, і нічим не виявляли свого страху. Здається, йому це сподобалося.

— Ну і хто ж ви такі? І звідки взялися в потягу?

— У потягу?!

Ця новина була настільки приголомшуючою, що і я, і Фелікс на мить забули про наших вартових. Неймовірно! Самі того не знаючи, ми опинилися в потрібному нам місці.

— Це та сама велика залізна гусениця, що біжить до океану? — з надією перепитала я у Капітана.

— А якщо і так, то що? — крякнув він, все ще з цікавістю придивляючись до нас.

— То це прекрасно! Значить, ми вже на півдорозі до мрії! — вигукнула я.

Капітана і всю його команду подібний сплеск емоцій у зовсім невідповідній ситуації, здається, потішив.

— На небезпечних ви не схожі, — виніс вердикт вусань. — По-моєму, вам є що розповісти... А я люблю дорожні історії! Тож пропоную обмін: з вас — історія, а з мене — обід. Згодні?

Такий непередбачений перебіг подій знову повернув нам надію. Світ все-таки не без добрих комашок!

— Звичайно, шановний, ми з радістю поділимося своєю історією! — вигукнув Фелікс.

Зовсім небагато часу по тому ми сиділи в приємному напівтемному місці біля теплого радіатора і насолоджувалися обідом. Хлібних і цукрових крихт наші нові знайомі принесли цілу гору, а потім із задоволенням приєдналися до трапези. Це були таргани, і вели вони рід від тих найперших своїх предків, що оселилися в потягах. З тієї пори вусачі надійно охороняли власну територію, не допускаючи чужинців і стежачи за порядком.

Напевно, люди були іншої думки з приводу цього, бо нерідко між ними і тарганами виникали конфлікти, але таргани володіли унікальною здатністю ховатися і виживати в найскладніших умовах.

Розповідь про Сміттєве місто з його законами і про нашу подорож до Поляни вони слухали з великим азартом та інтересом. Ще на самому початку бесіди Капітан покликав двох підлеглих і щось тихо наказав їм. Незабаром ті повернулися з вістями.

— Ми попередили загони з інших вагонів, сер. Двох гнойових жуків вдалося виявити в сусідньому, вони заарештовані і доставлені для допиту. Ще трьох шукають по всьому потягу.

Ми не повірили своїм вухам, настільки це було чудовою звісткою! Здається, удача все ж залишалася на нашому боці, незважаючи ні на що...

Тепер найголовніше — звільнити Сюзанну. І зробити це треба якомога швидше, адже вранці потяг добіжить до пункту призначення. Капітан склав план, запропонувавши допомогу свого загону.

Оскільки люди навіть вночі не вимикали несправжнє сонце під назвою «лампа», Фелікса брати з собою було небезпечно. Тому рятувати метелика вирушив загін в складі чотирьох тарганів разом з Капітаном і я. Час вибрали для цього «сонний», перед ранком, коли люди сплять найміцніше — як запевняли таргани, знамениті знавці людських звичок...

Люди дійсно спали — з усіх чотирьох полиць купе, верхніх і нижніх, долинало рівне дихання. Лампа на стелі ледь давала світло, але все ж достатнє, щоб бачити і злощасний стаканчик, і полонену в ньому Сюзанну. Метелик теж дрімала, але, побачивши, що зібралися навколо її прозорої в'язниці таргани, злякано забила крильцями.

— Сюзанно, тихіше! Не бійся, це друзі! Ми спробуємо звільнити тебе!

Споконвічні мешканці вагона виявилися на рідкість відмінними альпіністами. І хоча здатності літати вони були позбавлені, але сильні чіпкі лапи дозволяли їм вільно пересуватися по будь-яких поверхнях не гірше мух.

Я налягла на серветку збоку, таргани підібралися знизу, намагаючись її підняти. Навіть Сюзанна зсередини своєї темниці стала допомагати нам, щосили штовхаючи важкий папір, складений в декілька разів. У нас вже майже вийшло, але тут потяг з шипінням почав зупинятися. Поштовх при зупинці був м'яким, однак людина все-таки прокинулася: та сама жінка, яка закривала сумку.

Ледь відкривши очі, вона почала нишпорити рукою по столу. Ми одразу кинулися врозтіч. Хтозна, що прийде в голову людині?

Рука натрапила на стаканчик, потягнула його на себе, підняла. Жінка розгублено дивилася на метелика, немов бачила його вперше.

— Що?.. А це ще...

Від різкого руху серветка злетіла зі склянки. Не вірячи своїй удачі, Сюзанна шугнула вгору, але величезна долоня перегородила їй дорогу. Прикривши стакан рукою, жінка перевернула його в повітрі і знову опустила на стіл, тільки тепер — денцем догори.

Ще раз оцінивши надійність пастки, вона для вірності поклала на неї якусь брошуру, щоб пластикова в'язниця не переверталася. Далі рука потягнулася до пляшки з водою — жінка з шумом напилася і знову влаштувалася на своїй полиці.

Нещасна Сюзанна сповзла по стінці стаканчика вниз. А ми дивилися на неї зовсім розгублено.

Нарешті один з тарганів вимовив те, що іншим і так вже було ясно:

— Мета недосяжна...

Частина 38

Трагедія в потягу

Люди прокинулися. Ми спостерігали за ними з укриття на верхній полиці. Лампа тепер не становила небезпеки — зовні щосили красувався ранок, і Фелікс міг не боятися знову потрапити в небезпечну залежність. Звичайно ж, вся наша увага була прикута до полоненої Сюзанни. Таргани відмовилися брати участь у цій вилазці: потрапляти на очі людям посеред дня — для цих вусанів табу. Трьох інших жуків так і не знайшли: вони немов крізь землю провалилися. А може, за нашим прикладом, сховалися в речах людей. Але зараз не вони були головною проблемою.

— Як ти думаєш, навіщо вони її тримають? — тихо запитала я у Фелікса, спостерігаючи за миготінням яскраво-блакитних крилець всередині пастки. Блакитних, як шматочок неба...

Немов почувши мої думки, жінка звернулася до хлопчика з таким самим запитанням:

— Навіщо тобі цей метелик? Викинь його! Тягнути цю комаху з собою на курорт я не збираюся. Вона або сама полетить, або помре від голоду.

— Ну ма-а-а-ам, я хочу цього метелика для своєї колекції! Я ще не бачив таких красивих. Я проколю його шпилькою і сховаю... у футляр від окулярів! А потім вдома повішу на стіну, — задоволеним тоном повідомив хлопчисько.

Його мама в цей час, дивлячись в невеличке дзеркальце, підмальовували губи червоним кольором.

— Роби що хочеш, але скоріше! Нам через пів години виходити, — байдуже відповіла жінка.

— Тоді я проколю її зараз! — радісно заявив хлопчисько і кинувся до своєї сумки.

А ми з Феліксом продовжували дивитися, несила чимось допомогти і не вірячи, що юна людина здатна на таку жорстокість. Вбити живу істоту заради якоїсь там колекції, що б не означало це слово!

Тим часом хлопчисько вже дістав шпильку: залізне жало виблискувало в його руці, гостріше і більше, ніж у будь-якої оси...

— Не можна просто сидіти і чекати, поки він уб'є її! — вигукнула я, в повному розпачі кинувшись вперед.

Я ще не знала, що саме буду робити, але не діяти було вище моїх сил. Підлетівши до людини, я стала з'являтися у неї перед обличчям. Хлопчисько відмахнувся і простягнув руку до стаканчика. Сильніше задзижчавши, я закрутилася перед його носом. Той у відповідь ще лютіше замахав руками, намагаючись мене дістати. Але куди йому, з його повільними рухами проти чемпіонки класу з польотів з перешкодами!

— Неприємна муха!

Необережним рухом хлопчисько зачепив стаканчик, що стояв на столі. Пластикова пастка перекинулася — і полетіла вниз разом з метеликом.

— Феліксе, допоможи Сюзанні! А я його затримаю! — закричала я, ледь вірячи своєму щастю.

Здається, стаканчик покотився по підлозі і впав на бік — тепер у метелика є шанс полетіти!

Але ця частка секунди, коли я обернулася, щоб упевнитися, що все вийшло, виявилася фатальною: рука хлопчаки спритно майнула в повітрі і... зімкнулася навколо мене!

— Ага, я зловив її! Тепер в моїй колекції буде ще й муха!

Він наполовину розтиснув долоню, але тільки для того, щоб іншою рукою схопити мене за крильця. Я побачила, як наближається до мене залізне жало і мстиву посмішку людини.

— Феліксе! — відчайдушно задзижчала я, вже ні на що не сподіваючись.

— Ай! — завив раптом хлопчисько і потягнувся руками до обличчя.

Пальці його розтулилися, шпилька полетіла вбік, а я вирвалася в повітря. Падаючи, встигла побачити Фелікса, який встромив своє жало прямо під око людині. І руку, що нестримно наближалася до комара, який намагається злетіти...

Хлопок на мить оглушив мене. Ніяково звалившись на підлогу поруч з Сюзанною, яка вже встигла вибратися зі своєї пастки, я відразу ж схопила подругу за лапку і потягла під сидіння — подалі від ніг людей. І, сховавшись, нерухомо застигла, заплющивши очі. Я ще не могла повірити в те, що встигла побачити...

— Маріє... Маріє, де Фелікс? — тремтячим голосом запитала Сюзанна.

Здається, вона і сама вже здогадалася.

— Вони... Він... Він віддав своє життя, рятуючи нас... — я ледь змусила себе це вимовити.

Жахливий тягар втрати стиснув горло, заважаючи дихати.

Не знаю, скільки часу просиділи ми так. У вагоні шуміли люди, вони розмовляли і рухалися, збирали свої речі. Але я не могла дивитися на них — адже саме вони вбили Фелікса...

— Йдемо, Маріє, нам потрібно летіти... Потяг уже зупинився, люди виходять. Нам треба летіти за ними... — Сюзанна тягнула мене за лапку, і я підкорилася, дозволила їй вести себе.

Я погано пам'ятаю, як ми вибиралися з вагона і що там відбувалося біля нього, — все ще була приголомшена своїм горем. Метелик тягнула мене кудись, ми летіли...

Прийшла до тями я вже на гілці якогось дерева, збоку від людної площі, де невпинно рухався—їхав—шумів людський натовп. Свіжий вітерець потроху повертав мене до дійсності...

— Маріє, давай пошукаємо якісь квіти, мені дуже потрібно поїсти. Я зовсім ослабла, — попросила Сюзанна, і я нарешті глянула на неї.

Дійсно, вона вже багато часу нічого не їла, а наш шлях ще неблизький.

— Добре...

Ми обидві почали озиратися, намагаючись знайти квіти або що-небудь, що згодилося б за їжу для метелика. Однак серед строкатого людського мурашника поки не видно було нічого схожого. Я вже хотіла запропонувати полетіти куди-небудь далі і пошукати їжу там, коли Сюзанна помітила букет в руках однієї людини.

— Дивись, Маріє, це квіти!

Боячись втратити удачу, метелик одразу зірвалася з місця і кинулася до букета червоних тюльпанів, що плавно погойдувався в руках людини в такт її крокам. Забувши про обережність, голодна Сюзанна підлетіла до чоловіка і пірнула в квітку — на щастя, людина була занадто зайнята своїми справами, щоб звертати увагу на метелика. Я пішла за нею. Тепер нас тільки двоє, і ми повинні триматися разом — будь-що-будь...

Приголомшені втратою Фелікса, ми забули про іншу небезпеку, яка все ще чатувала на нас, і не помітили три крилаті тіні, що тихо ковзнули слідом за нами з сусіднього дерева...

Частина 39

Дорога до океану

— Люба, поквапся, інакше ми запізнимося!

Разом з гучним голосом чоловіка пролунав не менш гучний хлопок — звук дверей, які той закривав. Саме він змусив нас із Сюзанною відірватися від трапези і обережно виглянути з тюльпана.

Недбало кинувши букет на заднє сидіння автомобіля, чоловік відкрив двері своїй супутниці. Аромат парфумів наповнив повітря.

— Уф, яка спека! Сподіваюся, в твоїй машині працює кондиціонер. Бо в цьому жахливому потягу він працював ледве-ледве. Я всю ніч крутилася і ледь змогла заснути! — пролунав примхливий жіночий голосок.

— Все вже позаду, люба, потерпи ще трохи — скоро будемо на місці.

Слідом за голосом чоловіка почувся знайомий нам шум. Це означає, залізний жук, в якому ми опинилися, зараз побіжить.

І справді — плавно гойднувшись, автомобіль почав рух.

— Полетіти тепер не вийде, — прошепотіла Сюзанна.

— А може, і не треба? Ми в машині.

— Але біжить вона до океану? — Сюзанна, здається, була розгубленою. Вона, раніше така непохитна в своїй впевненості, тепер втратила її.

— А що підказує тобі твоє серце? — тихо запитала я.

Але у відповідь моя подруга лише сумно похитала головою.

— Після того, що сталося з Феліксом, моє серце мовчить... Адже це через мене...

— Не наговорюй на себе, бо твоєї вини тут немає! — запротестувала я. — Невже хтось із нас винен в тому, що жорстока людина захотіла вбити тебе просто тому, що ти — красива? Фелікс був найблагороднішим і безстрашним з усіх, кого я знала... Заради нього ми повинні досягти своєї мети!

— І ми зробимо це, — неголосно, але впевнено сказала метелик. Колишня рішучість знову ожила в ній. — А коли побачимо океан, розповімо йому про Фелікса. Щоб ім'я нашого друга оселилося в шелесті океанських хвиль...

— Він назавжди залишиться в нашій пам'яті...

Мірний шерех коліс автомобіля діяв заспокійливо. Ніжно пахли тюльпани, говорили про щось люди, але ми більше не прислухалися до них. Ми знову були в дорозі — і залишалося лише сподіватися, що вони привезуть нас до нашої мети.

«Навіть якщо ми заблукаємо — це нестрашно. Адже все одно рано чи пізно відшукаємо нашу дорогу. І нашу Поляну. Бо той, хто шукає, обов'язково знайде. Головне — вірити! І не боятися. Як Фелікс...» — думала я, дивлячись на пейзажі за вікном. Людське місто скоро знову змінилося смугою поодиноких дерев — тільки вони мали вже інший вигляд, ніж ті, до яких ми звикли. З великим, широким листям, яке колихалося на вітрі, вони нагадували гігантських комах із зеленими крилами, котрі намагаються, але не можуть злетіти...

— Тримай її, Біллі! Обходь з того боку! — почула я раптом над своєю головою.

І відразу ж три чорні тіні кинулися на нас із Сюзанною. Жуки-скарабеї!

Ледве встигнувши випурхнути зі свого тюльпана, я помітила, як два жуки одночасно повисли на крилах Сюзанни, не даючи їй злетіти. Забувши про обережність, я кинулася на одного з них і з усього маху вдарила його по голові.

— Ось вона!

Той задзижчав, несамовито киваючи головою, і послабив хватку. Але другий вже наспів йому на допомогу і накинувся на мене. Сили були нерівні, та й ми з Сюзанною не збиралися здаватися: клубок, в який переплелися наші тіла, дзижчав, пищав, гудів і кусав, метушився по автомобілю. Ми майже не бачили, куди летимо, і лише відчайдушно відбивалися від своїх переслідувачів.

— Коли ж ви залишите нас у спокої?! Ми все одно ні за що не повернемося на ваш смітник, зрозумійте ви це нарешті! — викрикнула Сюзанна.

— О боже, любий, що це за жахливі комахи? Вижени їх скоріше! — налякано заверещала жінка.

— Зараз, люба!

Не зупиняючи автомобіль, чоловік натиснув якусь кнопку: обидва вікна в задній частині машини одночасно поповзли вниз. Вітер підхопив усіх нас і з силою викинув у відкриту пащу вікна...

— Марі-і-є!

Поривом вітру нас порозкидало в різні боки. Автомобіль, в якому ми перебували ще мить тому, тепер невблаганно віддалявся, продовжуючи свій біг по рівній чорної смужці дороги. Жуків теж розкидало кого куди...

Піднявшись вище, я з хвилюванням озиралася на всі боки, шукаючи очима небесно-блакитні крила...

— Сюзанно!

Я помітила метелика: щосили махаючи крилами, вона намагалася утримати рівновагу в польоті. Але щось, здається, було не так...

— З тобою все гаразд? — кинулася я до неї. — З тобою все гаразд?

— Здається, так...

— Тоді летимо, швидше! Я чую, як вони наближаються!

З поля, біля якого ми опинилися, дійсно долинав злісний гул жуків-гнойовиків... Одночасно з цим виник ще один звук — автомобіля, який наближається.

Сюзанна, обернувшись, глянула на дорогу.

— Здається, я знаю, що треба робити, — прошепотіла вона. — Підпустимо їх якомога ближче, а потім рвонемо на той бік. Ми повинні встигнути проскочити перед автомобілем! Інакше доведеться тікати вічно...

Я розгублено озирнулася: машина насувалася на нас з дикою швидкістю. А темнокрилі вбивці були зовсім близько... План Сюзанни божевільний, але виходу, здається, немає — якщо не спробувати якось обдурити жуків, вони обов'язково впіймають нас. І краще вже автомобіль, ніж Джо...

— Летимо! — викрикнула вона і відчайдушно рвонула вперед. — Швидше!

Я налягла на крила. Здається, такої швидкості мені ще не доводилось розвивати... Жахливий звук автомобіля оглушив мене, його гаряче дихання обдало жаром, а потік повітря підхопив і підкинув угору, закрутивши, немов зірваний з дерева листок...

Вже не керуючи собою, я могла тільки бачити, як блиснуло під сонцем блискуче скло, як метнулися небесно-блакитним сплеском прекрасні крила метелика... Той самий нещадний потік повітря підхопив тепер нерухоме тіло Сюзанни і кинув його вниз, на чорну смугу дороги...

Вона не встигла! Хоробра, відчайдушна Сюзанна в спробі врятувати нас обох не розрахувала свої сили... Поруч з метеликом на дорогу гепнулося таке саме бездиханне тіло одного з наших переслідувачів, інші двоє в останню мить змогли відлетіти вгору — і тепер, як і я, безпорадно перекидалися в повітрі.

— Сюзанно!..

Майже нічого не бачачи від сліз в очах, так і не встигнувши вирівнятися в польоті, я впала на землю і стрімголов покотилася кудись під листя невисоких бур'янів, що росли на узбіччі.

Удар... Навколо відразу настала ніч...

Частина 40

За покликом серця

Прокинувшись, я зі стогоном розтулила очі. Напевно, моє безпам'ятство тривало недовго: десь неймовірно високо над головою так само сяяло сліпуче сонце, а вітер ворушив стебла трав. Запахи поля і теплої дороги пливли немов марево...

«Одна... — ця думка пронизала мене в ту ж мить, як я отямилася після падіння. — Залишилася тільки я, одна з усіх...»

Забиті лапки не слухалися — я могла ворушити ними, але поки була не в змозі змусити себе піднятися або хоча б відповзти вбік, ближче до стебла.

— Шукай її, Тіме, вона не могла далеко піти! Вона десь тут! — прогриміло високо наді мною, але і це не допомогло швидше зібрати сили для власного порятунку.

Усвідомлення того, що моїх друзів більше немає поруч, притискало мене до землі важким каменем. Занадто непідйомним для однієї маленької мухи...

Різкий шелест листка, важкий звук крил... Я нарешті змогла відірвати від трави неслухняне тіло, але лише для того, щоб, обернувшись, побачити поруч із собою гнойового жука.

Він розглядав мене з непідробним інтересом, немов бачив вперше.

Бігти було неможливо: я ледь піднялася. І тоді подивилася в очі своїй смерті: злегка здивовані темні очища вивчали мене. Ось так ми і стояли — за крок один від одного, мовчки, нерухомо.

Мій переслідувач відгукнувся першим — в його глухому голосі звучало здивування:

— Чому ти мовчиш, мухо? Не просиш пощади... невже тобі зовсім не страшно?

— Ні, — похитала я головою.

Це було правдою — страх дійсно відступив, залишився десь там, в тісноті ненависного звалища. Я вже встигла посмакувати свободу — і тепер ніхто ніякими погрозами не міг змусити мене забути її. А де є свобода — більше немає боязні...

— Ти можеш мене вбити, — спокійно продовжувала я, навіть, напевно, занадто спокійно. — Але ти не змусиш мене повернутися туди, жити тим...

— Твої подільники більше не з тобою, і ніхто тобі не допоможе... — пробурмотів він якось невпевнено, немов все ще не міг повністю повірити в те, що я його не боюся.

— Ти не правий — вони мої друзі і завжди зі мною. У моєму серці...

— Але куди ти так рвешся? Невже тобі погано було жити спокійним ситим життям? — жук тепер не приховував свого подиву.

— Сите життя у в'язниці... — усміхнулася я. — Воно не варте і дня шляху до мрії. Але тобі, напевно, цього не зрозуміти...

Він довго мовчав, мені навіть здалося, що жука здолав якийсь дивний острах. Чого він чекає? Чого він взагалі хоче від мене?

— Тіме, куди ти подівся? — каменем між нами впав звідкись здалеку розсерджений голос Біла. — Ти знайшов цю муху?

Жук здригнувся, ще раз подивився мені в очі — коштувало зусиль витримати його погляд. Погляд, в якому щось змінилося...

— Здається, я починаю розуміти, мухо... — тихо, ледь чутно вимовив він і, абсолютно несподівано змахнувши могутніми крилами, піднявся в повітря. — Біллі, я все тут обнишпорив — її тут немає! Лечу до тебе! Давай-но подивимося далі, поки вона не встигла

втекти далеко! — загорлав він і понісся геть, залишаючи мене одну — приголомшену і здивовану.

— Дякую... — прошепотіла я в порожнечу.

Тім, звичайно ж, не міг мене чути. Голоси обох жуків-гнойовиків якийсь час ще було чутно, поки не вщухли десь далеко позаду. Досі слабо вірячи в своє щастя, я піднялася в повітря і полетіла вперед, петляючи серед стебел і листя диких трав. І тільки подолавши достатню відстань, набрала висоту, щоб вирішити, куди ж мені тепер рушати.

Навколишню тишу порушував лише мирний шелест вітру, що грав довгими пасмами трави. По один бік тягнулася кам'яниста рівнина, по інший — височів пологий пагорб. Його край, зливаючись з небом, губився в блакитнім серпанку. Позаду мене залишилася людська дорога...

Сонце зависло в зеніті, ніби й собі роздумуючи, куди ж йому податися далі.

— Слухати своє серце — воно вкаже дорогу... говорила Сюзанна, — прошепотіла я сама собі. Закрила очі. І так, не відкриваючи їх, полетіла туди, куди немов тягнула мене невидима ниточка. — Я лечу до тебе, океане...

Частина 41

Захід на березі

Ми з сонцем рухалися в одному напрямку. Підлітаючи до пагорба, я вже встигла вибитися з сил. Весь сьогоднішній нескінченний день втомою лягав на мої крила, які благали про відпочинок…

Я не знала, чи вірною дорогою лечу. Точніше, дороги не було зовсім — тільки моє палке бажання та немеркнуча надія, що разом вели мене за собою. Але сили не безмежні — тіло просило відпочинку, і я нарешті поступилася йому. Спустилася нижче, вишукуючи собі місце для перепочинку. Симпатичне маленьке сонечко, жовте посередині, з дивовижними білими промінчиками-пелюстками, дивилося прямо на мене. Я сіла в його м'яку серединку, вдихаючи терпкувато-солодкий аромат. Ромашка… Ромашка?!

Я немов ужалена знову здійнялася вгору, оглядаючись і протираючи очі, адже не відразу повірила тому, що бачила… Сотні, тисячі маленьких сонечок тягнули вгору золотисто-білі голівки. Пряний вітер грав з ними, поширюючи навколо ніжний аромат, і золотий пилок обсипався вниз крихітними бризками. А інші квіти, великі і маленькі, сяяли навколо різнобарвною веселкою, покриваючи чарівними візерунками широке поле…

Я летіла між ними, не стримуючи радісних сліз, — все було так, як розповідала колись Сюзанна, навіть краще! Наша мрія стелилася зараз переді мною, дихала тихою радістю і спокоєм. І ця розкішна пишність, немов перенесена в дійсність з наших мрій, було найкращим, що я бачила в житті. Єдине, чого мені бракувало зараз, — можливості розділити захват від споглядання всього цього з моїми друзями.

Які вони були б щасливі, якби теж змогли летіти тепер зі мною поруч, дихати п'янким ароматом, відчувати себе частиною навколишньої краси...

Я дивилася, як колишеться марево квіткового килима, і біля мене ніби тремтіли блакитні крила Сюзанни, яка подарувала мені колись живу мрію про свободу. І, здавалося, ось-ось пролунає в тиші радісний голос Фелікса: «Ну, що я казав тобі? А ти ще сумнівалася!»

Кружляючи по квітковому полю, я забула про недавню втому — все, що бачила навколо, наповнювало мене новою силою. І хотілося співати і танцювати від радості — ніби я сама перетворювалася зі звичайної мухи в якесь нове творіння, народжене заново для іншого, щасливого життя...

Моя сім'я, рідні та друзі, нехитрі радощі, які ми вишукували для себе, дорослішаючи, в кварталі Риб'ячих Черепів — все це уявлялося тепер неозоро далеким. І майже нереальним... Мої образи і розчарування, віра в краще, боротьба за справедливість, яка здавалася тоді такою безнадійною і позбавленою сенсу, — вели мене сюди. Тільки зараз я зрозуміла істинне значення всіх пережитих бід — кожна з них була сходинкою, яка підносить мене до моєї волі, такої вистражданої — і тому ще більш цінної. І кожного разу, піднімаючись після чергового удару, що обрушувало на мене життя, я знаходила свою справжню силу — силу рухатися вперед, йти власною дорогою до мрії, незважаючи ні на що...

Розгубивши сяйво і розхлюпуючи навколо себе теплі фарби заходу, сонце хилилося до своєї колиски. І я полетіла за ним по квітучому полю, мене вабило вже інше диво — синій океан опинився тепер зовсім поруч. Я чула його дихання, неповторний солоний запах вів мене за собою. Зачарована, переповнена радістю, я поспішала йому назустріч...

Його хвилі здіймалися вгору пінними гребенями, граючи на неозорому просторі. Велична, невгамовна і вічна стихія стелилася переді мною від білої смужки піщаного берега до самого горизонту, зливаючись із небом. І червона риба-сонце поспішала зануритися в його хвилі, щоб відпочити в ласкавих обіймах...

Все навколишнє було занадто нереально прекрасним, щоб бути правдою. І я немов заблукала в цій казці, поспішаючи досхочу надихатися свіжим вітром, закарбувати в пам'яті все навколо, до останньої піщинки, до найтихішого шереху води по вологому березі...

Ніби величезний пес, океан лащився до берега, торкався його пружною м'якою лапою, воркотів колискову. Бузковий серпанок вечора витікав по краплині, розливався навколо, даруючи нові фарби грайливій воді...

Не помічаючи більше нічого, ваблена чарівною силою невпинних хвиль, я підлітала до океану все ближче. Якась кольорова поверхня серед білих піщаних горбків здалася мені підходящою, щоб відпочити там кілька хвилин. Не замислюючись над тим, що це було, я пробіглася по шорсткій дузі, яка приємно пахла деревом. Мою увагу цілком поглинуло чудове видовище гри світла на темних водяних громадах...

Я не могла й подумати, що людей, які сиділи неподалік, — хлопця і дівчину, зможе раптом відвернути від споглядання навколишньої краси моя скромна поява. Правда, я не знала, що поверхня, з ароматом дерева, на яку приземлилася, була кошиком з їх їжею... Їжа мене зараз зовсім не цікавила. Але ось люди думали інакше...

Хлопець раптом зняв з ноги капця і змахнув ним в повітрі. Звук хлопка був сильніший за почутий мною раніше грім — він накрив собою всі інші звуки...

Моє тільце чорною крапкою опустилося на білі розсипи дрібного піску...

Епілог

Ти все ще тут?

Якщо так — то тепер знаєш історію мухи на ім'я Марія. І тут би час сказати тобі: ось і все... Однак... Моя історія триває. Адже я народилася заново, тепер вже — в людському тілі.

Я б з радістю розповіла тобі, що буде далі, але, на жаль, і сама цього не відаю. Знаю тільки, що, коли мені виповниться три роки, я остаточно забуду про своє минуле життя і вже нікому не зможу про нього розповісти.

І якщо ти схочеш мені щось побажати, побажай, щоб у нинішньому житті я знайшла себе і свою мрію якомога швидше...

Кінець

Зміст

Частина 1. Десять близнюків 7
Частина 2. Квартал Риб'ячих Черепів 9
Частина 3. Пригода на уроці 13
Частина 4. Дощ 19
Частина 5. Фелікс 27
Частина 6. Рогач Джо 35
Частина 7. Перший робочий день 40
Частина 8. Рутина 45
Частина 9. Запитання 49
Частина 10. Повінь у Сміттєвому місті 52
Частина 11. Нова старша няня 56
Частина 12. Аудієнція у Мера 58
Частина 13. Дорога, якої немає 63
Частина 14. Найдовший день 68
Частина 15. Ранкові грабіжники 71
Частина 16. Відмінний день для пригод 74

Частина 17. Здобич Фелікса 77
Частина 18. Мрія гусениці 83
Частина 19. Казка Сюзанни 87
Частина 20. Рішення 91
Частина 21. Нове життя 94
Частина 22. Очікування 98
Частина 23. Перетворення Сюзанни 102
Частина 24. Самотність у Пиловій Пустці 106
Частина 25. У в'язниці 111
Частина 26. Голді 114
Частина 27. Світанок 119
Частина 28. Коли є початок дороги… 125
Частина 29. Цвіркун Семі 128
Частина 30. Прощавай, Сміттєве місто! 131
Частина 31. Лукавий рятівник 136
Частина 32. У лабіринті з ворогом 140
Частина 33. Вихід, який знайшовся сам 145
Частина 34. Великий червоний жук 150
Частина 35. Пластиковий полон 155
Частина 36. Оманливе світло 158
Частина 37. Мета недосяжна 162
Частина 38. Трагедія в потягу 166
Частина 39. Дорога до океану 170
Частина 40. За покликом серця 174
Частина 41. Захід на березі 178
Епілог. Ти все ще тут? 181

Літературно-художнє видання

Віктор **Волкер**

Муха Марія

Ілюстрації SPACE ONE
Переклад *Н. Бєлодєд*
Верстка *І. Білокінь, Ю. Дворецька*
Відповідальний за випуск *В. Волкер*

Підписано до друку 20.07.2020
Формат 60х90/₁₆. Гарнітура Академія
Папір крейдований. Друк офсетний
Ум. друк. арк. 11,5

Видавництво «СПЕЙС ВАН»
Свідоцтво про внесення до Державного реєстру видавців
ДК №7056 від 18.05.2020
04070, м. Київ, вул. Іллінська, 8
+38 (063) 677-64-16, space-one@ukr.net

www.ingramcontent.com/pod-product-compliance
Lightning Source LLC
LaVergne TN
LVHW011939070526
838202LV00054B/4725